小説 仮面ライダーブレイド

宮下隼一

講談社キャラクター文庫 005

目次

プロローグ

「……ケ……ンザ……キ……」

「……ケン……ザキ……さん……」

彼と彼が、怒っている。

「……ケン……ザキ……くん……」

「……ケンザキ……くん……」

彼と彼女が、笑っている。

「……ケン……ザキ……さん……」

あの子が、泣いている。

そして、あいつが叫んでいる。

「ケンザキ……ケンザキ！」


夜が哭《な》き、海が猛っていた。

くるぶしのところでちぎれた足が転がってきた。ついさっきまでマストにしがみついていた若い男のものだ。風雨とともにデッキに叩《たた》きつけられた凶暴な波が、マストごと彼のからだを引き裂いて去ったのだ。

名前はなんといったか。乗船してすぐ名乗りあった気がするが忘れてしまった。

ほかに五人ほどいたはずの乗組員の姿も今はない。恐怖を顔に刻んだまま、次々に波濤《はとう》にのみこまれてそれきりだった。

彼らの記憶もまた消え去ろうとしている。

投げ降ろす暇もなかったアンカーにからだごと縛りつけてくれたのはだれだったか。

自分の分の救命胴衣を着せてくれたのはだれだったか。

そんなことをする必要などまるでないのに。

そうだ。そんな必要などまったくないのだ、この俺には。

だが、なぜ必要ないのか、それが男にはわからなかった。思いだせなかった。

そういえば、乗船したのはどこの国のどこの港だったか。

どうしてこの小さな船に乗ることになったのか。

そして、思った。

この俺は、いったいだれなのか。

浮かび上がったのは、蜃気楼《しんきろう》だった。

砂漠の悪意に、かつえていた人々は狂喜し、狂奔《きょうほん》した。だが、たどりついた先にオアシスなどあるはずもなく、錯乱し、絶望し、力尽きて十人近くいた同行者のすべてが死んだ。

男だけが残された。

さっきまで知っていたはずの人々の顔が、名前が、男の記憶からこぼれ落ちていく。流れる砂に埋もれるように消えていく。

自分の分の水や食料を分けてくれたのはだれとだれだったか。

そんなことをこの俺にする必要などなかったのに。

だが、なぜかその理由を男は思いだすことができない。

そういえば、彼らと出会ったのはどこの国のどこの街だったか。

どうしていっしょに逃げ水を追うことになったのか。

この俺の名前こそ、なんというのか。

男の脳裏によみがえってくるものは、しかしそれ以上何もなかった。

船はもうすぐ沈む。

すでに残骸と化したそれといっしょに、男も沈む。

消えそうになる意識にふいに声が割りこんできた。声は笑っていた。嘲《あざけ》るように勝ち誇るように哄笑《こうしょう》をあげていた。

声の主を、男は知っている気がした。

だが、それが何者なのか、どこにいるのか、男は思いだせなかった。思いだしたくない、思いだすべきではない。そう思ったこともまたすぐに薄れていく。

そのとき、ひときわ大きな波が襲いかかり、船が逆立ちした。残骸が断末魔《だんまつま》のうめき声をあげ、動きを止めた。

それからは、一瞬だった。

暗く深い淵《ふち》へと、男はまっすぐに落ちていった。

第一章　方舟《はこぶね》　ブレイド、覚醒《かくせい》

世界がいつどうやって滅びたのか、僕は知らない。物心ついたときには僕はもう方舟にいたし、というか、方舟のなかで僕は生まれたのだし、世界の果ては子どもでも走って十分で行きつける、あの錆《さ》びついて穴だらけの舳先《へさき》のことだと思いこんでいたのだから。

方舟を囲む果てしないこの海のどこかに、別の世界があったことなど僕には想像するよしもなかったのだ。

「よそ見するな、トウゴ！　踏み抜くぞ！」

前を行くタクホの声に、トウゴは我に返った。

「大丈夫だよ。何度も通ってるから」

とたん、腐食してささくれたデッキに足をとられた。思わずもれそうになる悲鳴をあわてて飲みこむ。

横を歩くリキヤが、嘲《あざけ》るように笑うのが見えた。

「ケガしたほうがうれしいよな。レンに手当してもらえるから」

それはおまえだろ、リキヤ。にらみつけただけで声には出さなかった。おまえの好きなレンが、じつはタクホのことが大好きなんだって知らないだろ。バカだな。

だけど、好きってどういうことなんだろう。トウゴにはよくわからなかった。

たしかにレンはきれいだ。

十五歳だけど、二つしか違わないのに、トウゴから見たら充分大人だった。今ごろ我らがドブネズミ団の秘密基地で、ダイとメイのめんどうを見ているはずだ。母親みたいに。

でも、あの子たちならともかく、子ども扱いされて喜ぶ趣味はトウゴにはない。

「これ、絶対気に入るよな」

リキヤが得意げにかざしてみせる。

さっき客室エリアの一等船室からいただいてきたネックレスだった。どう見てもオモチャだ。部屋には子どもの服とかがあったから、きっとその子のものに違いない。

トウゴもタクホも、いくつかほかの船室で漁った獲物をリュックにつめこんでいる。

一等といっても名ばかりで、トウゴたちの暮らす油の匂いの染みついた部屋と大差はなかった。三百年近く海の上を漂っていたら古びるのも当然なわけで、住んでいる人間だって上品ぶっているけどトウゴたちと変わらない。

だって、みんな同じところから逃げてきたのだから。いや、追放されたんだからって、いつかコジロウが言っていた。

当時は千人からの人間が乗っていたらしい。もともとは大型の客船だったのだ。お金持ちのおじいちゃんおばあちゃんが死ぬ前に世界一周したりしていたのだそうだ。

だから、だれがつけたか知らないけれど、方舟なんて呼び名は皮肉にすぎる。積まれているのは希望ではなく、絶望。アララト山もオリーブの枝も永久に見つかりはしない。

なんて、これもコジロウの受け売りだ。トウゴには半分も理解できやしない。

そうだ、戻ったらまたコジロウに会いにいこう。トウゴはたすきがけにした布袋に入れていつも持ち歩いている本のことを思った。

トウゴの宝もの。コジロウが書いたモノガタリ。

遠い昔、種の存続をかけたアンデッドという怪物たちの戦いがあった。それに巻きこまれた人類の滅亡の危機を救ったヒーローが描かれている。

その名は、ブレイド。仮面ライダーブレイド。

もちろん、作り話だ。そんなヒーロー、この世にいるわけがない。

でも、それこそがトウゴの希望だった。

「なあ、気に入るよな、レン」

「え？」

「だから……」

「ああ、きっと喜ぶと思うよ」

「だよなあ、だよなあ！」

なんのことか半分忘れて答えたのに、リキヤはご機嫌だった。バカだな。

「静かにしろ。入るぞ」

タクホがトウゴたちを制し、ダクトにあいたひしゃげた穴の前に立った。

ここから入って、五十メートルほど這《は》う。エリアとエリアを隔てるためにつくられた壁を迂回《うかい》して操舵《そうだ》エリアまで抜ける近道だった。

途中には食糧倉庫もある。バレないように、パンや缶づめやお菓子など、毎回違うものを少しずついただくことにしている。

タクホを先頭にトウゴたちは錆《さび》くさい闇のなかにからだを滑りこませた。


「島まであと一日なんだぞ！　いいかげん決定しなければならん！」

ダクトを通して、操舵エリアの議会室から船長の苛立った声がきこえてきた。

「あの島へは十年も通ってる。危険はない。第一、ほかにあてがあるのか、この値段でこれだけの量の食料を確保できるところが？　ありゃしないだろう！」

「ああ、ほかの島はどんどん水没してるからな。気温が上がって、水位が上がって。あの島だって時間の問題だ。だったら、答えはひとつ。さっさと行ってさっさと離れる。議論の余地はない！」

尖《とが》ったあの声は、機関長に違いない。

いつもの会議だと思った。

操舵と機関、それぞれのエリアから選抜された島への上陸者の確認、食料や生活用品、燃料など、調達すべき品物の確認がなされ、承認されるのだ。

必然的に、会議の日はあちこちの部屋が留守になる。

トウゴたちドブネズミ団の出番だ。

操舵エリアのキャビンやロッカーからは、トウゴの大好きな動物や植物の本とか雑誌、地図やコンパス、筆記用具などが手に入る。ノートは、コジロウのリクエストだ。

「いや！　だからこそ、議論が必要なんだ！」

「いや、必要ない！」

とたん、おおぜいの怒鳴り声がわんわんと反響し、トウゴたちは耳を塞いだ。

せまくて暗いダクトのなか、なんとかスピードを上げて議会室の上を這いすぎようとしたそのとき、タクホの動きが止まった。

「どうしたの？」

「シ！」

タクホを真似して、トウゴとリキヤもダクトの内壁に耳を押しつけた。怒鳴り声に混じってきこえてきたのは、びっくりするような話だった。

「……方舟の老朽化は知ってのとおり、もはや修理では追いつかない。だったら！　さっきから言ってるとおり、いっそのこと全員で船を降りたらどうかと……」

「だから！　どうしてそれがそういう話になるんだと……」

「わかってるはずだ。もう船も人も、すべてが限界だってことが！」

「勝手に決めるな！」

「勝手はそっちだ！」

一瞬、なんのことかわからなかった。

限界だから、船を降りる。全員で。方舟を捨てる。言葉が意味をなしたとき、トウゴはリキヤといっしょに声をあげていた。

「どういうことだよ、いったい？」

「それって、島で暮らすってことなのか？」

「シ！」

タクホが制して、再び動きだす。あわててトウゴたちはあとを追う。

「待ってよ、タクホ！」

「そうなったら、どうすればいいんだよ、俺たち？」

「どうもしない。俺たちは俺たちだ」

「そんなこと言ったって……あ！」

そのとき、何かにひっかかって破れたリキヤのシャツから、あのネックレスが滑り落ち、ダクトの裂け目から消えた。

一秒と待たず、下からの怒鳴り声がやんだ。

議会室のまんなかに、トウゴたちは正座させられていた。

平然と大人たちをにらみ返すタクホと、机に置かれたネックレスから目が離せないでいるリキヤにはさまれ、トウゴはこのあとの折檻《せっかん》を思って歯を食いしばっていた。たいていムチで三十回。一度やられて、一週間あお向けに寝られなかった。タクホが医務室から盗んできた薬をレンが朝晩欠かさず塗ってくれた。リキヤがレンのことを好きになったのは、たぶんあのときに違いないとトウゴは思っていた。

「またこいつらか！」

「ドブネズミめ！」

室内には、船長と機関長、その副官など、両派のトップ、数人だけが残っていた。

「親は、いないんだったな？」

「そのはずです」

船長の問いに、副船長が答えた。

そう、トウゴたちは孤児だ。そして、どこのエリアにも派閥にも属していない。

親の顔もとっくに忘れてしまった。病気で死んだり自殺したり、殺されたりもしたみたいだけど、そんなことなどトウゴたちには関係ない。知りたくもない。でも、それでやっかい者としてそれぞれのエリアを追いだされたのだ。

「廃棄《はいき》エリア、か」

機関長が吐き捨てた。

古びたり浸水したりして修復不能となり、部屋ごと封鎖された立ち入り禁止区域のことだ。そこに、問題を起こして追放されたり、みんなとうまくやれなくて自分からエリアを捨てた連中がなんとなくより集まっている。

最初はトウゴたちもそこにいた。でも、結局そこも出て、自分たちだけで生きていくことにした。大人はすぐトウゴたちを手下や子分にしたがる。なんとなくより集まった、そんな場所にいてさえも。それがいやだったのだ。

だれの子分にもならない。自分たちは、自分たちだけのものだ。

「返せよ」

ネックレスを見つめたまま、リキヤが口をとがらせた。やっぱり。言うと思った。これで、折檻は確実だ。

「俺のだ！　返せ！」

顔を見合わせた男たちが、いっせいに笑う。

「おまえたちのものなど、ここにはひとつもない」

「おまえたちのいる場所もない」

さっきまで言い争っていた船長と機関長がうなずきあった。

机の上には、トウゴたちのリュックから没収された獲物が山積みされている。もちろんトウゴの布袋も、あの本も。

「今、おまえたちのねぐらを調べてる。盗んだものはすべて返させる」

「それがルールだ」

大人がつくったルールだ。心のなかでトウゴは言い返したが、タクホははっきり声にした。

「だったら、また盗んでやる。何度だって盗んでやる！」

それが合図だったかのように、リキヤがネックレスに突進した。

でも、動きは完全に読まれていた。リキヤを押さえこもうとする副官たちにタクホとトウゴが体当たりしたのと同時に、船長が椅子を滑らせたのだ。

ぶつかってきた椅子ともつれあい、リキヤが床に転がった。そこへ機関長が蹴りを入れた。頭を抱えてうずくまったリキヤを容赦なく蹴り上げる。

「やめろ！」

「死んじゃうよ！」

タクホといっしょに押さえこまれながらトウゴは叫んだ。だが、機関長はやめず、船長も止めようとしない。

「ルールは守らせる！」

「当然の罰だ！」

そこへ、レンが入ってきた。

ダイを抱き、メイを伴い、秘密基地から連れだされてきたのだ。

「やめてください！　そのネックレスは、あたしが盗んできてって頼んだんです。その子は言われたとおりのことをしただけです！　罰なら、あたしが受けます！」

りんとした声に、大人たちの動きが止まった。


コジロウは、サッカだ。

トウゴたちがかつていたのとは別の廃棄エリアで暮らしている。

そこには、方舟にとってなんの役にも立たないと判断された画家や詩人や音楽家など、自称アーティストたちがより集まって酒とドラッグに浸《ひた》っている。

「サロンみたいなものさ」

そうコジロウは言ったけど、なんのことかトウゴにはわからなかった。

新しいモノガタリが書けなくて酒びたりになっている。コジロウについていえば、ただそれだけのことだとトウゴは思っていた。

「でも、どうしてこんなモノガタリを思いついたの？　すごいよ」

トウゴはあの本に夢中だった。仮面ライダーブレイドというヒーローに焦《こ》がれていた。

「それはな……神が降りてきたんだよ」

「意味わかんない」

「俺も。でもさ、ほんとうなのは突然だったってこと。ある日起きたら、それまで書けなかったモノガタリが一気に、自動書記みたいに書けたんだ」

「ジドウショキ？」

「でも、それはただの一度、そのときだけだったんだよなあ、結局。なんだったんだ、あれって？　やっぱり神が降りてきたとしか思えない。だろ？」

「おじいちゃんとか、ひいおじいちゃんとかに、そういう人がいたとか？」

「なあ。それならわかるんだけど、まったくなし。調べてみたんだけどな、家系図とか。サッカなんて一人もいやしない。どうなってんだろうな？」

「僕にきかれてもわからないよ。それより、新しいモノガタリは？」

「ここはどこだ？　何かおかしい。そう思ったこと、ないか？」

「え？」

「その違和感をさ、書いてみたいんだよなあ」

「イワカンてなに？」

「逆に言えば、ここではないどこかへのあこがれ、ってことでもあるのかな」

ますますわからない。

食料などを調達するためにときどき立ち寄る島があちこちにある。トウゴが方舟以外で行ったことがあるのはそれぐらいだ。でも、コジロウが言っているのはたぶんそういうことじゃない。それはなんとなくわかった。

でも、どこだろう。ここではないどこかって。


いつかコジロウと話したことを思いだしていた。

再び正座させられて処分が決まるのを待っていたら、話しあいはいつしかトウゴたちのことではなくて、さっきの続きになっていたから。

船を捨てる。それってもしかしたら、ここではないどこかへ行くっていうことにつながっているんじゃないか。そう思ったから。

「……だいたい、三百人からの人間を受け入れると思うか、あの島が？」

「降りたい人間だけ降りればいい。俺たち機関エリア全員で、百人。あんたら操舵エリアは残るんだろ、どうせ！」

船長と機関長が怒鳴りあっていた。

タクホも興味をひかれたらしく、じっと両者のやりとりをきいている。

「そんな勝手が許されると思ってるのか？」

「俺たちが降りたら、方舟を動かすのは相当な労力だ。だから、反対してる。あんたらの本音はそこだろうが！」

ダイとメイが退屈して動きまわろうとするのを、レンがあやしていた。さっきの怖いくらいの顔とは全然違う、いつもの優しいレンだった。

それを横目で見ながらリキヤが唇をかんでいる。あれだけ蹴られた痛みより、レンにネックレスを渡せないことのほうが痛くて悔しいみたいだった。そのレンに自分が助けられたことなどまるで忘れている。

「南極では差別があった。だから、方舟に乗った。じいさんやばあさんからそうきかされていたが、ここじゃもっとひどい差別がある」

「なにを言いだすんだ？」

いきなり話が飛んで、船長は面食らったようだった。

でも、それはほんとうだとトウゴも思った。廃棄エリアや自分たちの存在がその証拠だ。それを当然だと考えている、というか、何も考えていない大人のほうが不思議だった。大人になんかなりたくない。

「だったら、代わるか？　エリアごと交換するか？」

「その気もないくせに」

「なんだと？」

「あんたがよくても、ほかはどうかな？　眺めがよくて風通しのいい操舵エリアから、穴倉みたいな機関エリアに移りたいと思うやつがいるかな？」

「それは……」

　船長が黙りこんだ。

「そらみろ」

「とにかく、今回はだめだ。時間がない。次回の調達日までよく話しあって……」

「待てないと言ったら？」

「言わせん！」

　船長の副官たちが腰の拳銃を抜いた。同時に、機関長の副官たちも拳銃を構える。乾いた音を立てて、いっせいに撃鉄が起こされた。

「ひっ」

　リキヤが悲鳴をもらした。レンがダイとメイを抱き寄せる。タクホがトウゴたちをかばうようにして立ちあがった。

　さっきまでリキヤを罰していた二人が再び争い、殺しあおうとしている。だから、大人はわからない。全然わからない。からだは恐怖で固まって動けないのに、頭のなかでトウゴはつぶやいていた。

そのとき、スピーカーがけたたましくわめいた。

「漂流者、発見！　漂流者、発見！」


衣服は破れ、傷だらけのからだにはなぜかロープがからみついていた。それがいっそうその漂流者の男を罠《わな》にかかったけもののように見せていた。

でも、目が優しかった。優しくて悲しげだった。

やせた大きな犬が雨にうたれて震えているみたいだとトウゴは思った。

「このあいだの嵐で難破したんだな。どこの船だ？」

「放りだされないようにロープで自分を縛りつけたんだろうが、船ごと沈んじまったら意味ないわな。あんた、名前は？」

波間に漂っているところを引き上げ、意識があることを確認してから、船長と機関長が矢つぎばやに質問をぶつけていた。

「おい、きいてるのか？」

「名前は、あんたの？」

背後から、両派の人間たちが鈴なりになって覗《のぞ》きこんでいる。騒ぎに乗じて議会室を抜けだしたトウゴたちもそれに混じっていた。

「……名前……俺の……ケンザキ……ケンザキカズマ……」

どこか遠くを見ながら、男は火ぶくれしたような唇を開いた。

ケンザキ。ケンザキカズマ。

頭のなかでくり返しながら、トウゴはどこかで会ったような気がしていた。でも、どこで会ったんだろう。

「どこから来た、ケンザキ？」

「仲間はどうした、ケンザキ？」

だが、そこまでだった。途方に暮れたようにあたりを見回し、ケンザキはうめいた。

「……どこから……仲間……わからない……思いだせない……頭が痛い……」

周囲から、驚いたようなため息がもれた。

「記憶喪失《きおくそうしつ》か……」

「あの嵐だ。たしかに、生きてるだけで奇跡かもな……」

記憶喪失の意味ぐらいはトウゴも知っていたが、実感はなかった。

「なんだか、すげえな……」

リキヤが笑った。何かおもしろいことが起こりそうだと感じているに違いない。

何かが起こる。それはトウゴも感じていた。そして、また考えていた。いったい、どこでケンザキと会ったのだろう。

とりあえず医務室で手当てをして食事を与えるようにと船長が指示し、ケンザキが担架《たんか》に乗せられたときだった。

「待て！」

「だれの許可を得て救助した？」

「なぜ、わたしたちの了解をとらない？」

服装も雰囲気も明らかに違う、客室エリアの人間たちだった。その代表らしい十人ほどが、船長と機関長につめ寄っていた。

「出たな、金持ちやろう……」

リキヤが憎々しげにもらした。

コジロウの話では、彼らの祖先は南極時代も金持ちで、そのときのトップと争い、自分たちのほうから南極を捨てた、追放されたとは思っていないということらしい。だから、いまだにプライドが高いのだと。

くだらない。リキヤと違ってトウゴは思う。あんな船室やあんなおもちゃのネックレスで金持ちを気どってどうするんだ。そんなやつらに腹を立てたり憎んだってしかたない。

「だれの許可も了解も必要ない！」

「ＳＯＳに応える、遭難者《そうなんしゃ》は救助する、船乗りの常識、ルールだ！」

船長と機関長が再び同調していた。

「わたしたちは船乗りではない。ルールを言うなら、わたしたちの安全をまず第一に尊重したまえ！」

「その男が何かに感染でもしていたら、どうするのかね？」

「三百年ものあいだ、汚染され続けている海なんだぞ！」

船長と機関長の沈黙は一瞬だった。

「会議にも参加しないで好きなことを言うな！」

「いつまでお客様気分でいるつもりだ！」

「なんだと？」

「食料や燃料、備品の金を出しているのがだれか、忘れたのかね？」

「それがどうした」

「船を動かしているのがだれか、忘れたのか？」

「それがどうした」

「なに？」

「なんだと？」

議会室と同じ、いやそれ以上の怒鳴り声がデッキに渦巻いた。

今、目の前にケンザキという漂流者が、ケガ人がいるというのに、それをほうっておて、大人はほんとうにくだらない。

そう思ったときには、レンがケンザキの手当てをしていた。傷に洗いたてのタオルをあてている。ダイとメイがおずおずと手を伸ばしてケンザキの頰にふれると、ケンザキの口元に笑みが浮かんだ。二人がキャッキャッと笑い返す。タクホがうなずき、トウゴたちは担架を持ち上げた。

そのとき、ふいに空間がねじ切れたような気がした。

気圧が急激に変化し、鋭利な刃物を刺しこまれたような痛みが耳朶《じだ》を襲った。

「痛い……耳が痛い……」

リキヤがうめき声をあげ、ダイとメイが泣きだした。

大人たちも頭を抱えている。

そして次の瞬間、そいつらが現れた。

空から、海から、わきでるように、大挙して怪物たちが襲いかかってきた。

それだけですさまじい波動が生まれ、トウゴたちはのけぞり、なぎ倒された。

「アンデッドだ！」

無意識にトウゴは叫んでいた。

「え？」

「知ってるのか、トウゴ？」

驚くタクホとリキヤに、トウゴはがくがくとうなずいた。

なぜかはわからない。でもそいつらは、コジロウが書いたあのモノガタリのなかで仮面ライダーブレイドが戦う敵とそっくりに思えたのだ。

「そんな……バカな……」

騒ぎをききつけてほろ酔い気分でデッキに顔を出したらしいコジロウも、酒瓶をとり落として立ちつくしている。

「だって……あれは、俺の作り話で……嘘だろ?」

デッキは、一瞬のうちにパニックと化した。

「化け物だ!」

「怪物だ!」

逃げまどう人々に、アンデッドたちがいっせいに襲いかかった。

空から来たものは翼でなぎ倒して、海から来たものは背びれで叩き伏せて、デッキからわいたものはムカデのように壁を這って、人々を引き裂いた。

船長と機関長の副官たちが拳銃を乱射して応戦したが、まるで効かない。

銃弾はアンデッドたちの体内に吸収され、瞬く間に消化されて同化するのが、半透明の甲羅のような皮膚越しに見てとれた。グロテスクで気味の悪い光景だった。

「ほんとうに……ほんとうにいたんだ……」

　コジロウがうわごとのようにしゃべり続けていた。

「にしても、一度にこんなにたくさん……まるで、俺のモノガタリの最後の……ダークローチみたいじゃ……ていうか、ていうか、そもそもどうして……？」

　そうだよ、どうしてだよ、コジロウ。

　あれは、ただのモノガタリ、作り話のはずじゃなかったのかよ。現実になるなんて、こんなことが起こるなんて。いったい、どうなってるんだよ、コジロウ。

「そうか……もしかして、夢……痛っ！」

　割れた酒瓶のカケラで指を切ったコジロウがまた叫んだ。

「夢じゃない……現実なんだ！」

　そのあいだにも、アンデッドが人々を引き裂き、方舟のあちこちが破壊されて火の手が上がった。

「消火だ！」

「急げ！」

　船長と機関長が怒鳴り、船員たちが走る。

　その船員たちにアンデッドが襲いかかり、消火が妨げられ、炎が拡大する。

「トウゴ！　リキヤ！」

　タクホの指示に、トウゴたちも走った。

「邪魔するな！」

「くたばれ、化け物！」

襲いくるアンデッドたちに、消火器や火消し用の鉤爪《かぎづめ》のついた棒を振り回しながら火元に向かって走る。怖くて怖くてしかたなかったけれど、そんなこと言っていられない。そんなひまもない。

タクホが火消し棒を叩《たた》きつけて炎を散らし、そこへ、トウゴはリキヤといっしょに盛大に消火剤を吹きつけた。

そのあいだにダイとメイを物陰に隠すレンが見えた。

「どうしても怖かったら、泣いて叫んで、レンを呼びな！」

ニコッと笑いかけ、ケガ人の手当てに走る。その姿に、トウゴたちの恐怖が薄らぐ。リキヤの顔にもタクホの顔にも笑みが浮かんでいる。

コジロウのうわごとが続いていた。

「でも……でも、これがほんとうなら、次は……次は……」

トウゴも同じことを考えていた。

これが夢ではなく、あのモノガタリに書かれていたことが現実になるのだとしたら、きっと。きっと次は。

レンが悲鳴をあげ、ダイとメイの泣き声が降ってきた。

空から来たアンデッドが、二人をさらって舞い上がったのだ。猛禽類《もうきんるい》が巣穴から顔を出した野ネズミの子を捕獲するみたいに。

「ダイ！　メイ！」

タクホが突進し、素早くマストをよじ登り、蹴って、アンデッドの足にしがみつく。

それを追ってムカデのように這い上がった別のアンデッドの毒針が迫る。

「危ない！」

「タクホ！」

トウゴとリキヤの声に、間一髪毒針を避けたタクホがデッキに落下してうめく。

そこへ、ほかのアンデッドたちが群れをなして襲いかかってきた。

「タクホ！」

レンも叫ぶ。

絶体絶命。

だれもがそう思ったそのとき、ケンザキが立ちあがった。

優しかった目に鋭い光が生まれ、震えが止まったからだに精悍《せいかん》さがみなぎった。

腰の周囲に、回転するように現れたベルトが実体化して装着される。

両手をかざし、交錯させて、ケンザキが叫んだ。

「変身！」

浮かび上がった複数のカードをケンザキが走り抜ける。

瞬間、その力を得て、青と銀の騎士、仮面ライダーブレイドに姿を変えた。

「やっぱり……やっぱり！」

コジロウが叫び、トウゴは悟った。

どこでもない、あのモノガタリのなかでトウゴはケンザキに出会っていたのだった。もちろん、名前は違う。でも、あれは間違いなくケンザキだ。

一閃《せん》、二閃。

ブレイドの拳と蹴りが炸裂《さくれつ》するや、目の前にいたアンデッドたちがなぎ倒され、炎とともに消失する。

それを機に、ブレイドを敵と認めたほかのアンデッドたちがいっせいに雄たけびをあげて波状攻撃を開始した。

空から、海から、壁やデッキやマストから、アンデッドたちが襲いかかってくる。

一歩も引かず、ブレイドが受けて立つ。

さまざまなカードを差し替え、さまざまに強化した特殊な技や攻撃を放って、次々にアンデッドたちを倒していく。

かつて封印《ふういん》したさまざまなアンデッドたちの力を引きだしていることは、もちろんモノガタリを読んだトウゴは知っていた。

でも、肝心なところで違う点もあった。

たった今倒したアンデッドたちの封印ができないのだ。

倒すたびにブレイドは封印のためのカードを投げるのだが、カードはアンデッドの上を通過してUターンし、再び手元に戻ってくるだけだった。直後、そのアンデッドが炎上して消失する。

カードを見つめ、不思議そうに小首をかしげたブレイドが、ほかのアンデッドたちの新たな攻撃を受け、すぐに戦いを再開させる。

どこまでが現実で、どこまでがモノガタリなのか。ほんとうにこれは夢ではないのか。疑問の渦に投げこまれたまま、トウゴはコジロウと同様、ただ目の前の戦いを見ていることしかできなかった。

最後の一体は、空にいた。ダイとメイをさらったあのアンデッドだ。

ブレイドがカードを差し替え、その進化形態、たしかジャックフォームという姿に変わって舞い上がり、空を翔《か》ける。

アンデッドがかわし、反転して逆襲する。

ブレイドがかわし、加速して追いつめる。

目まぐるしく展開する戦いに、トウゴたちは我を忘れて見上げ続けた。

決着はいきなりついた。

中天で、両者のシルエットが激突したのだ。

「ダイ！　メイ！」

レンが叫ぶ。トウゴたちも叫ぶ。

太陽が爆発した、と思ったら、アンデッドが炎に包まれていた。

残ったシルエットが着地すると、ダイとメイを抱いたブレイドだった。

二人がキャッキャキャッと無邪気な笑い声をあげている。

「ダイ！　メイ！」

レンが走り、二人を受けとった。トウゴたちも歓声をあげて駆け寄る。

デッキや操舵室の一部を焼いた火もようやくおさまっていた。

難を逃れた人々が、物陰からこわごわと姿を現し、累々と横たわる仲間の無残なきがらを前に茫然《ぼうぜん》と立ちつくす。こらえきれず嘔吐《おうと》する者もいた。

「なんだったんだ、いったい……？」

「なんなんだ、おまえは……？」

船長と機関長が惨状を見渡し、ブレイドをにらみつける。

とたん、そのブレイドの変身が解け、ケンザキがよろめき倒れた。

「ブレイド……ケンザキ！」

トウゴの声に、ケンザキの目が見開かれる。

だが、その目が見ているのはトウゴではなかった。

「……なぜだ？」

「え？」

「どうしてだ……？」

アンデッドを封印できなかったことを言っているのでもないらしい。

コジロウは気づいたようだった。ケンザキの視線を追ったその顔が、みるみる青ざめたのだ。

「まさか……そんな……まさか……」

ようやくそれがトウゴにもわかった。

ケンザキが見つめているのは、もうすぐ暮れようとする鈍色《にびいろ》の空に、いつものように並んで浮かんでいるあの三つの月だった。

第二章　天蓋都市《てんがいとし》　カリス、覚醒《かくせい》

死が、穏やかに訪れようとしていた。

間遠な呼吸が少しでも楽になるように、青年は老人の寝巻きの襟元《えりもと》をゆるめてやった。

まどろんでいた老人のまぶたが小さく瞬き、青年を認めた。

「すみません。起こしてしまいましたか?」

「いや……少しのどがかわいた」

「お待ちください」

青年は水差しの水を浸《ひた》した脱脂綿で、老人の口元を湿してやった。

「ありがとう。生き返ったよ」

言いながら、老人は自分の言葉に笑った。

「こんなにたびたび生き返っていたら、迷惑だね。いいかげん、お迎えにきてくれないものだろうか。少々疲れたよ」

なんと答えていいかわからなかった。老人の気持ちがわからなかったわけではない。その気持ちなら青年もよく知っている。

これまで三百年、ずっとその思いを抱いて生きてきたのだから。

「葬儀の手配はしてくれたんだったね？」

「おっしゃったとおりに。確認されますか？」

「いや、信用している。よろしく頼むよ」

「承知しました」

「あと、窓を少し開けておいてくれないか」

「はい」

青年の返事を待たずに、老人は再び目を閉じた。すぐに寝息がきこえはじめる。

窓を開けようとして青年は思いとどまった。開けたところで、風など入ってこない。

ガラスのむこう、空を銀色に覆《おお》っているのは巨大なホリゾント、天蓋だ。あらかじめ設定された周期で空の色を変え、人工的に昼と夜をつくりだしていた。

さらに、街の周囲五十キロの外郭部分には、天蓋とつながる長大な壁が敷設され、吹きすさぶ外界のブリザードを遮断している。

天蓋都市は、南極大陸につくられた。

その一部始終を目のあたりにして今も生きているのは、青年しかいない。

あのとき、人々が求め創造した新天地で青年も生きてみようと思ったのは、もちろん彼の言葉が、ケンザキのあのひとことがあったからだ。

「……おまえは、人間たちのなかで生き続けろ……」

青年は生き、生き続けている。


老人は、三日後に死んだ。

葬儀は遺言どおり質素にとり行われた。

参列者は、青年と青年が働く介護施設の関係者だけだった。

かなりの額にのぼるはずの資産はそのまま施設に徴収された。青年にと遺されたいくばくかのこころざしも、青年のほうから固辞した。

荼毘《だび》に付された老人は、施設が管理する霊園に埋葬された。

その直前、青年は老人の遺骨の一部を盗んだ。

こんな偽物の世界に葬られるのはたまらない。少しでもいいから、外の世界に連れていってほしい。それが、老人の最期の願いだった。

青年はうなずいた。海でいいですかと尋ねると、うれしそうに笑った。

そして、老人は青年に言ったのだった。

「ありがとう。長いあいだ、ほんとうに世話になった。もういいかげんに自由になりなさい、ハジメ……いや、カリス」

ハジメは、ただ老人を見つめた。

「わたしは人の心が読める。知っていただろう」

だから、老人の前では心を閉ざしていたのだが、無駄だったようだ。

「おまえが死ねないということも、三百年前にこの地上でどんな戦いがあったのかも、おまえの心を通じて知った。おまえの苦しみに比べたら、わたしの望みなどとるに足らんな」

ハジメのなかに、あの戦いがよみがえる。

どんなに時が流れても、ハジメのなかから消えてなくなることのなかったあの記憶が。

「だから……もう自由におなり、カリス」

そうくり返して、老人は静かに逝《い》った。

ふいにハジメは思いだす。

彼女も、アマネも安らかだったろうか。

拒《こば》まれたとはいえ、最期まで彼女に寄り添えなかった悔いがやはりハジメにはあった。

だからこの仕事を得たときハジメは誓ったのだ。最期まで人に寄り添い、人とともに生きようと。それが俺の責務なのだと。

これまでどれだけの人を見送ってきただろう。さまざまな顔が浮かんでは消える。

だが、それも終わった。

終わりにしたい、自由になりたいとずっと心の底で思い続けていたのかもしれない。それを老人が気づかせてくれたのだ。

ハジメは、天蓋都市を出る決意をしていた。


それまでゆるやかに進行していた地球の温暖化が一気に加速したのは、三百年前のあの戦いが終結して約三十年後のことだった。

原因も条件もそろいすぎるほどそろっていた。対策を講じようとする勢力はそれを上回る反対勢力によってつぶされた。破滅へと転がりはじめた運命を止める手立てはもはやなかった。すべてが手遅れだった。

からくも勝ちとったこの星の平和は、たったそれだけの時間で潰えたのだ。

それからの三十年で、さらに四大陸の約半分が水没した。

民族や宗教を巡る紛争は、残されたわずかな土地を巡るそれに変わった。だが、勝者が得た土地が消え去るのも時間の問題だった。新たな土地を求めて、人々はさまよい、争い、散っていった。

淘汰《とうた》の時が流れ、地球上の人口は最盛期の十分の一に減少したとされたのが、二百年前だった。その数を数える者も気にする者もすぐにいなくなった。

すでに南極に逃れていた人々は天蓋都市を築き、あとからの新たな上陸者を拒んだ。長大な壁はブリザードから身を守ることだけが目的ではなかった。

提督《ていとく》と呼ばれる初代のリーダーとその支援者たちが権力を握り、天蓋都市を支配、徹底的な管理社会を築き上げた。

それを支えるものは、密告。親兄弟にすら互いの顔色を窺《うかが》わせ、この社会にとっての異端者や不適応者を通報させ、排除した。

排除、すなわち死、あるいは囚人島と呼ばれる収容施設のある絶海の孤島への追放を意味した。

天蓋都市に住む者は、その心にも天蓋と壁をつくったのだった。当然のように犯罪は激減し、人々には平穏な生活が保障されたかに見えた。

表向きには、たしかに。

ハジメは、塵《ちり》ひとつ落ちていない嫌味なほどに清潔なメインストリートを歩いた。白い壁とガラス張りの建物が続く個性を殺した無菌の街並み。

「こんにちは」

「いいお天気ですね」

「ごきげんいかが？」

「おかげさまで。ありがとうございます」

「どういたしまして」

ゆきかう見知らぬ人々がつつましげに会釈しあうのにハジメも調子を合わせる。

笑顔の裏に恐怖が隠されているのを知っていたし、少しでも不審の念を抱かせれば即座に通報される危険があったからだ。

老人の言葉どおり、相も変わらぬ偽物の街だった。

退職届など出せば間違いなく問題視されるのがわかっていたから、施設には三日間の休暇を申請した。意識して定期的に休みをとっていたのが功を奏し、すぐに受理された。

三日間で、ハジメは一般市民には知らされていない外界への出口を探すつもりだった。

そこから海へ出て散骨《さんこつ》し、すべてに別れを告げて二度と戻らない。行くあてなどまるでなかったが、そのことを考えると少しだけ気持ちが軽くなるような気がした。


雑踏にまぎれて街の中央部へと近づく。

見上げるまでもなく、天蓋の下、堅固な支柱に支えられた巨大なサンデッキとも空中庭園とも見える白亜の建築物が立ち塞がった。

現在十三代目となる提督のほか、支配者層に属する少数の人間の居住区だ。

そこを中心に放射状に一般市民たちの居住区が広がっている。ハジメが働いていた介護施設もそのなかにある。

空中庭園の真下には、これまた巨大な穴が穿《うが》たれている。その穴の底、地下三百メートルに設置されているのが地熱還元装置で、そこから供給されるエネルギーが天蓋都市全体の電力をまかなっていた。

問題は、そこで働く人々もまた、常時摂氏四十度という熱気のなか、暗渠《あんきょ》の内壁に蟻の巣のように造成された居住区で生活しているということだった。その数、ざっと三千人。かつては五千人もの人間がつめこまれるようにして住んでいた。

許可なく地上に出ることを禁じられた彼らはいやおうなく自分たちを支配する存在を見上げながら生きていた。いずれ爆発するのは当然だった。過去、一度だけ大規模な暴動があった。天蓋都市の完成から三年後のことだ。

マグマのように地下から噴き上がった人々の怒りと憎悪が、一般市民の鬱屈《うっくつ》をも巻きこんで無菌の街を侵した。略奪と破壊の嵐が吹き荒れた。

支配者層の対応は、厳格というより冷酷そのものだった。ガーディアンと呼ばれる完全武装の警備隊が出動し、警告もなく市民と暴徒の区分けもなく無造作に発砲したのだ。嵐は三時間で終息した。暗渠の住人と一般市民、合わせて二千人が生命を落とした。

だが、ガーディアンの行動はそれだけにとどまらず、騒ぎに乗じて現行権力の転覆を図ったとしてさらに一千人以上の一般市民を逮捕した。

さすがに一度にその数の処刑ははばかられたのか、すでに三代目となっていた当時の提督は逮捕者自らに自身の処分を選ばせた。囚人島への追放か、方舟《はこぶね》ならぬ廃船となっていた大型客船による船出か。当然ほとんどの逮捕者が後者を選んだ。いずれ絶望の航海となるだろうことを知ってか知らずか。

いっとき、理不尽きわまる弾圧を目の当たりにしてハジメも方舟にまぎれこもうかと思案したのだが、担当していた老人の病状が悪化し、離れることができなかった。居並ぶガーディアンの銃口に送られて出航する方舟を、ハジメは物陰から見守った。

その後大規模な暴動こそ発生しなかったが、地の底の怒りと憎悪は消えない。熱くたぎるマグマのように。時折くすぶった熱を散発的に放つこともあった。

だれもがそのことを知っているが、だれもがそのことは口にはしない。あくまでここは清潔で平穏な天蓋都市なのだ。

「どけどけ！　どけったら！　ケガしたって知らないよ！」

その清潔で平穏な空気をかき乱して、若い女が走ってきた。

着古したコンバットスーツと泥だらけのコンバットブーツ。

驚いて道をあける人々とは明らかに人種が違う。牙を剝《む》き、毛を逆立てた野良猫のように全身で怒っていた。

それを、銀色のレザーコートをひるがえして数人のガーディアンが追っていた。

「止まれ！　止まらんと撃つぞ！　発砲許可は出ている！」

人々が悲鳴をあげ、頭を抱えてうずくまるなか、それでも女は止まらない。

一瞬、女がハジメを見た。

だれかに似ていた。

そう思ったとき、女は小さく笑い、ハジメの横を走りすぎていた。

「ほんとうに撃つぞ！」

追跡しながら、ガーディアンたちが拳銃の撃鉄を起こす。

とっさにハジメは店先に置かれたワゴンを蹴り飛ばし、さりげなく踵《きびす》を返して路地へと入った。

背後でガーディアンたちの罵声があがり、滑りでてきたワゴンともつれあって倒れたであろう派手な音がきこえた。

「あんた、だれ？　なんで助けたの？」

つけてきたのはわかっていた。

コンバットブーツの足音が近づき、女はハジメと背中合わせにベンチに座った。

「だれでもない。助けたつもりもない」

噴水のグラデーションが、シルエットになった木立や遊具の色を変える。

二十時以降の外出は禁止されているため、さっきまで肩を寄せあっていたカップルたちも、一組二組と公園をあとにしはじめていた。

　それを見計らっての接触に違いない。

「ガーディアンの犬たちと同類には見えないけど、こっちといっしょにも見えないな」

「こっちというのは、反提督派のことか？」

　ピクリと背中越しに緊張が伝わってくる。

「こっちはこっち。提督なんて偉そうに名乗ってるのが気に入らない派、だよ」

　苦笑がもれそうになって、ハジメは声を落とした。

「いいのか？　罠《わな》だったら、どうする？」

「そんなドジじゃないよ」

　ハジメの周囲にガーディアンの影がないことくらい確認済みという語調だった。

「これ」

　さりげなくカードサイズの端末を示され、思わず嘆息した。

　ハジメの似顔絵が表示されていた。

「わかった？　ドジはあんた」

　やはり、ワゴンを蹴ったところを通行人に見られていたのだ。素早く背を向けたつもりだったが遅かった。通報され、似顔絵をつくられ、手配された。身元が割れるのも時間の問題だろう。

「ついてきなよ」

返事を待たずに女は腰を上げ、歩きはじめた。

「言い忘れた。あたし、アズミ。あんたは？」

ほかにどうしようもない。迷う間もなく、ハジメも立ちあがる。

「ハジメ……アイカワハジメだ」

小さく弾むようなアズミの背中に、ハジメは答えた。

☆

いつもの夢だとわかっていた。

鍵のかかった箱のなかで泣いているのが、赤ん坊の自分だということも。

暗く冷たいステンレスの匂いにむせていた。

いつものように、泣いても泣いても鍵は解かれず、夢も覚めなかった。

そのとき、伸ばしてもいない手と足が箱の内壁にあたった。頭もあたる。顔もあたる。

胸も肘も膝もあたる。

突然、自分が成長しているのに気づいて恐怖に襲われる。

それもまたいつものことだとわかっていたが、恐怖は消えない。

内壁を蹴飛ばし、叩《たた》く。

叩く。

ふいにその音が箱の外からきこえていることに気づく。

だれかが箱を叩いている。

激しくくり返し叩いている。


「失礼します。提督がお呼びです」

ドアを開けると、部下のガーディアンが立っていた。

「わかった。すぐにいく」

敬礼を返して、サツキはドアを閉めた。

ひどい顔だった。バスルームの鏡に、青ざめ疲れきった自分が映っている。あの夢を見たあとはいつもそうだった。こんな顔を提督に見せるわけにはいかない。サツキはシンクに水をはり、山盛りの氷を放りこんで顔を浸す。

最近見はじめた悪夢だった。

かならずしも過去の体験やトラウマが見させているわけではないと理解しつつも、なぜそんな夢を見るようになったのか、サツキは困惑していた。登場人物はたしかに自分だが、どこか他人の夢をかわりに見ているような違和感を覚えていたのだ。

髪にクシを入れ、爪の長さを確認し、銀色の制服の詰め襟をとめた。ガーディアン隊長をあらわす襟章を整え、もう一度鏡を覗《のぞ》く。

だいぶましになった。

軍靴の埃《ほこり》を払い、制帽を小脇に抱えて、サツキは自室をあとにした。


「頼みがあるんだよ、サツキ」

ポツンと置かれたデスクに痩身をもたれかけさせた提督がひたと見つめてくる。

装飾のまったくない無菌室のような部屋に、十八世紀に生きた高名な音楽家が作曲したというワルツが静かに流れていた。提督のお気に入りの一曲だった。

地熱還元装置の真上に建てられた空中庭園の最上階に設けられた提督執務室。三百六十度開放された窓からは天蓋都市のパノラマが広がっている。

「なんでしょう」

答えながら、サツキは目をそらした。

長い髪で隠してはいるが、提督の顔の右半分には暗紫色の大きな痣《あざ》があった。

ただの痣ではない。進行性の悪性腫瘍であることは側近のなかでもサツキを含めた数人にだけ知らされており、このままでは余命一年だということも教えられていた。

女性的な顔立ちと肌の白さゆえ、痛々しさと残酷さがより際立った。

提督といっても、年齢はサツキの五つ上でしかない。

病死した先代の指名もあり、側近のなかから抜擢《ばってき》されたのが三年前。その三ヵ月後、今度は自分がガーディアンの一隊員だったサツキを隊長に昇格させた。

すでにサツキが上げていた実績による当然の人事だったが、口さがない陰口は提督との個人的関係をあげつらった。

「言わせておけ。おまえを弟のように思っているのは事実だし、それのどこが悪い？」

一笑に付した提督の口から、自分も孤児だとそのとき明かされた。

「先代がわたしを拾い、育ててくれた。同じことをしていると言ったら、怒るかな？」

「光栄です」

「では、おまえもわたしを兄だと思ってくれ」

「ありがとうございます」

サツキが答えると、提督は心底うれしそうに笑った。

だが、サツキは知っていた。個人的関係とは兄弟以上のことをさしているのだということを。そして自分でも驚くことにそう思われることが、じつはそれほどいやではなかった。

しかし、それは死んでも口に出してはいけないということもサツキは知っていた。

「彼を捜して、身柄を確保してほしいんだ」

提督がデスクに手をかざすと、空間に一人の男の映像が浮かび上がった。

二十代前半だろうか、精悍《せいかん》な相貌《そうぼう》だが哀しげな目が印象的だった。

以前にどこかで見たような気がするが、覚えはない。

「おもしろいんだよ、彼」

提督が手を動かすと、次々に映像が現れる。

どれも街頭に設置された防犯カメラの映像だが、だいぶ古いものらしく、街並みが今とまるで違っている。そのなかを、同じ男が歩いていた。

何かがひっかかった。それが何かはわからない。

さらに映像が現れ、同じ男を映しだす。街並みが変わる。同じ男が映しだされる。

「待ってください！」

「気がついたようだね」

「そんなバカな……」

「わたしも最初はそう思ったよ。だが、事実だ」

街並みは変わってはいるが、そこは同じ場所だった。同じ場所がこれだけその様相を変えるにはどれだけの時が必要だろうか。十年。五十年。百年。もっとだろうか。

だが、男は変わらなかった。どの映像の男も同じだった。街は変わるのに、男はそのままだった。男だけ、時が止まっていた。

「言うまでもないが、これはつくりものじゃない。この男は実在する」

「……何者ですか？」

「アイカワハジメと名乗っているようだが、戸籍上そんな名前の人間は存在しない。R地区にある介護施設の職員で、今朝休暇届を出して姿を消した。その直前、騒ぎを起こしてこんなものを残してる」

男の似顔絵らしい映像が浮かび上がった。

「あくまで推定だが、彼はすくなくとも三百年以上は生きている」

それをきいて、サツキには男の確保理由がわかった気がした。

「了解しました。ガーディアンの総力を上げます」

「そうしてくれるとありがたい」

サツキは敬礼し、踵を返して部屋を出た。

提督が望むならどんなことでもかなえてやりたいと思った。その余命をたとえ一日でも延ばせる何かが得られるなら、アイカワハジメという男を捕らえ、この手でバラバラに切り刻むこともいとわない。

同時に、心の底に芽生えたもうひとつの感情にサツキは気づいていた。気づいていて見ないふりをしていた。

提督のアイカワハジメへの執着。それに対する嫉妬だった。

☆

「おかえり、アズミ！」

「ちょっと寄ってきなよ、アズミ！」

油まみれの住民たちが笑顔で声をかけてくる。

「ただいま！　あとでおみやげ届けるよ、おばちゃん！」

笑顔を返すアズミに、さっきまでの野良猫ぶりはなかった。ねぐらに戻った安心感と、ここで暮らす人々が好きでたまらないという表情だった。

「おや、そっちは彼氏かい、アズミの？　紹介しなよ！」

「バカ。そんなんじゃないよ！」

アズミが口をとがらせ、足を速める。

ハジメは軽く会釈など返しながら、住民たちの好奇の目をやりすごして続く。視線がちりちりとしばらく背中に痛い。

穴のなかに降りたのは初めてだった。

地熱還元装置から吹き上げる熱気は慣れてしまえばどうということもなかったが、蒸気となって充満する硫黄のような匂いはさすがに強烈だった。

居住区は二十階分にも相当しており、住民たちが勝手に床や天井や壁をぶち抜いて階と階、部屋と部屋をつなげたりしていて、通路や階段は文字どおり迷路だ。ガーディアンなど侵入者に対する戦略的な迷宮であるのは明らかだった。

アズミとその仲間たちのアジトは、迷宮の最奥部にあった。

いくつもの鋭い目がハジメを品定めする。

「賛成できないな、俺は！」

「俺も！」

「あたしも反対！」

アズミとそろいのコンバットスーツを着こんだ十人ほどの若者たちだった。油断なくナイフや拳銃を手元に引き寄せている。

「同感だ」

ハジメの言葉に一同が顔を見合わせる。

「彼女には言ったんだがな。罠ならどうする？　この俺がガーディアンの手先だったらどうすると」

ハジメは踵を返そうとした。こうなれば長居は無用だ。やはり、自分のことは自分でどうにかすべきだったのだ。

「けど、おばちゃんたちのテストは一発合格だったよ」

今度はアズミの言葉に一同が顔を見合わせた。

そういうことか。ハジメも得心した。ただの好奇心と見えたあの住民たちの目は、ちゃんと門衛の役目をはたしていたのである。単純だが、人間の経験と勘のほうがデジタルデータの上をいく場合がいくらでもある。

「嘘！」

「マジで？」

「なんだよ！　それを早く言えって！」

とたん、若者たちの緊張が解け、だれもが人なつこい笑みを浮かべてハジメを囲んだ。

「あんた、介護施設にいたんだって？」

「年寄りに好かれる人間に悪いやつはいないもんな！」

「アズミを助けてくれてありがとう！」

「けど、もう戻れないぜ。ほら！」

使い古した端末に、身元が割れたハジメの手配映像が表示されている。ご丁寧にも『破壊分子一味とのつながり濃厚』とのキャプションつきだ。

「ようこそ、破壊分子一味に」

アズミが笑い、一同が笑い、ハジメも苦笑していた。

深夜、老人の墓に参った。

手配中の身ゆえ危険きわまりなかったが、そうすべきだと思ったのだ。

「すみません。もう少し時間をいただけますか」

心のなかでハジメは老人にわび、合掌した。

しばらくはアズミたちのアジトに身をひそめるつもりだった。いずれ、手配の網もゆるむだろう。外界への出口を探すのはそれからのほうが確実だ。

アズミたちはアズミたちでハジメに何かを期待しているようだったが、応えるつもりはない。彼らがこの天蓋都市をどうしようと今のハジメには関係なかった。

「待たせたな」

踵を返して、近くで待っていたアズミと合流した。

見張りじゃなくてガード。わざわざ念を押してみせ、ここまでついてきていた。拒む理由もなかったので、好きにさせた。

「何年ぶりだろ、墓参りなんて。いいもんだね、けっこう」

整然と並んだ墓標が、ほの赤く常夜灯に浮かんでいた。

介護施設の建物から離れているとはいえ、霊園内にも防犯カメラがいくつか設置されている。それをかいくぐってここまで来るのに時間がかかりすぎた。

いやな予感がする。

「散骨か……ちょっと見てみたい気もするな。海とかほかの島とかも……」

「何もない」

世界はとっくに滅びてしまったのだ。

「え？　今なんて言った？」

「外には何もない」

すぐに後悔した。よけいなことを言ってしまった。

天蓋都市に生きる者で、ハジメ以外、外の世界を見たことがある者などいないとわかっているというのに。

「どういうこと？　もしかして、外の世界を見たことがあるの？」

案の定、アズミは食いついてきた。その目が異様に光っている。

閉じられた世界で生まれ、そのなかでだけ生き、死ぬことがわかっていれば、それは当然の反応だったろう。

ハジメは答えず、足を速めた。いやな予感は高まるばかりだった。

「答えて、ハジメ！」

アズミがハジメの腕をつかんだそのとき、闇が白く弾け、つかの間二人は盲《めし》いた。いっせいに点灯されたライトが、四方から浴びせかけられたのだ。

予感は的中した。

「ガーディアン！」

アズミが叫び、腰の拳銃に手を伸ばした。

「やめろ、アズミ！　おまえを撃ちたくない」

光芒《こうぼう》のなかからシルエットが浮かび上がり、歩みでてくる。

「用があるのは、そっちの……アイカワハジメだ」

アズミと同年代の男がガーディアンの制服に身を固めていた。

「ムツキ……？」

思わずハジメはもらしたが、あのムツキがこの時代に生きて存在しているわけがなかった。たしかに似てはいるが、まったくの別人だった。

アズミの口から出た名前も当然違った。

「サツキ！　あんた、まだそんな格好してるの？　最低！」

拳銃を向けてにらみつける。

とたん、撃鉄を起こす複数の金属音が響きわたり、男の部下らしいガーディアンたちがこちらを包囲する形で姿を現した。

「待て！　撃つな！　こいつは俺の……知り合いだ！」

「そう、昔はね……でも、今は敵だよ！」

「アズミ、頼むから……」

「うるさい、ダ・サツキ！」

男が息をつき、脱力するのがわかった。

「だから、その呼び方はやめろって、昔から……」

「ダサいサツキだから、ダ・サツキだろ！」

子どものようなやりとりから、なんとなくかつての二人の関係が想像できた。

そして、アズミがだれに似ているのかもハジメは思いだしていた。あのムツキのガールフレンドだったノゾミという女の子に、性格は違うが顔立ちがよく似ていたのだ。

思わずハジメが苦笑した、そのときだった。

突然、いくつかの墓標がグラリ、グラリと揺れた。

「ひ！」

「バカな！」

こわもてのガーディアンたちから悲鳴があがる。

次々に墓石が倒れ、その下の土が盛り上がって何かが這《は》いだしてきたのだ。

「嘘！」

「死者がよみがえった？」

アズミとサツキも目を剝き、あわてて拳銃を向けた。

「違う！　逃げろ！　こいつらは……アンデッドだ！」

叫んだ瞬間、ハジメは自分の言葉にかすかな違和感を覚えていた。

アズミたちが発砲し、静かだった霊園がすさまじい轟音《ごうおん》と火薬の匂いに包まれた。

だが、アンデッドたちは倒れない。銃弾を体内に吸収するや、地を這い、走り、跳ね、飛翔《ひしょう》して襲いかかってくる。

ガーディアンたちは逃げる間もなく引き裂かれ、貫かれ、倒された。鮮血が墓標を濡《ぬ》らし、凄惨な光景がくり広げられる。

「まさか……そんな……バカな……」

ハジメは愕然《がくぜん》と立ちつくしていた。

アンデッドなら、三百年前にすべて倒され、封印《ふういん》されたはずだった。

残っているのは、ハジメとケンザキ、二人のジョーカーだけのはずだった。

その二人が戦わなければバトルファイトの決着はつかない。人類は滅亡しない。そのはずだった。

だからこそ、俺たちは二度と会ってはならない。そう誓って別れたはずではないか。

「おまえは人間のなかで生きろ」

ケンザキもたしかにそう言ったではないか。

だが、ここにまだアンデッドがいる。それも大量に。なぜだ。なぜなんだ。

何かが大きく違っている気がする。だが、何がどう違っているのかわからない。

そのとき、暴れまわるアンデッドによって、老人の墓標が打ち砕かれた。

刹那《せつな》、ハジメのなかの混乱が氷のような憤怒に変わった。

かつてもそうだった。怒れば怒るほど、狂えば狂うほど、俺は冷たく爪を研ぎ、怜悧《れいり》に牙を剝くただのけだものになった。

「……変身……」

低くハジメはもらし、三百年ぶりにカリスとなった。

アンデッドの動きはすべて見切ることができた。地を這う者も、空を翔ける者も、カリスの敵ではなかった。叩き落とし、なぎ倒し、引き裂いた。

アズミとサツキがもつれあって倒れたまま、茫然自失《ぼうぜんじしつ》でこちらを見ていた。

見られていようがかまわなかった。躊躇《ちゅうちょ》などかけらもなかった。

俺のなかのけだものは、ひたすら冷静に殺戮《さつりく》を続ける。

生き残った数体のアンデッドがたまらず退散しようとするのを許さず、追いつめ、一体一体完膚なきまでに叩きのめして息の根を止める。

すべてのアンデッドを倒したところで、カリスは封印のカードを投げた。

だが、カードはアンデッドたちの上を素通りしてUターンし、手元に戻ってくる。

「なんだと……？」

わけがわからなかった。

なぜ封印できない。こいつらはアンデッドではないのか。いや、アンデッドだ。間違いない。それなら、なぜ。どうして。

さらに大きな混乱に見舞われ、カリスは変身を解いた。

「ハジメ……あんた、いったい……?」

アズミが蒼白《そうはく》で身を震わせていた。

いっしょにいたはずのサツキの姿がない。

そう思った瞬間、首筋に衝撃が走った。

倒れながら振り向いたハジメは、スタンガンを構えたサツキを見た。

「サツキ!　ハジメ!」

アズミの叫び声がきこえ、ハジメは暗黒に包まれた。

第三章　囚人島　ギャレン、覚醒《かくせい》

いつものように戦っていた。

銀と褐色の異形《いぎょう》のからだとなって、不死身の怪物たちと死闘をくり広げていた。

さまざまなカードを差し替え、特殊な武器や技を駆使して怪物を翻弄し、倒す。このあと、倒した怪物を別のカードを使って封印《ふういん》することになる。

いつもの結末、いつもの夢だった。

なんなのだ、これは。何度も夢のなかで自問した。

こんなものを見なくてはならない過去もトラウマも桎梏《しっこく》もまるで覚えがない。なかったはずだった。

さらにこのあと、これまたいつもの声に、まるで覚えのない声に呼ばれて目を覚ますことになるのだ。

「……タ……チ……タチ……タチハラ……。

タチハラくん……タチハラくん！」

目を開けると、彼女がいた。

「ああ……すまない」

また眠ってしまったようだった。彼女の診察室に入るとなぜか急に眠くなる。

「また同じ夢を見たのね、タチハラくん。ひどくうなされていたわ」

「悪いけど……その『くん』はやめてくれないかな、先生」

「どうして？　だったら、わたしのことも名前で呼んでくれていいのよ。サエコって」

ニコリともしないでタチハラの手をとり、脈を測る。

「……まあ、いいや。それより、もう行ってもいいかな。朝飯食いたいんだ」

サエコがようやく笑った。

「明け方腹痛を訴えてここへ運びこまれて、そのとたん眠りこけて、目を覚ましたと思ったらケロッとした顔で朝飯食わせろ、か。医者なんていらないわね、君には」

きこえないふりをしてベッドを降り、タチハラはドア越しに声をかけた。

「出ます」

ドアが開き、看守が顔を見せた。

「軽い食あたりね。朝食は軽くになさい」

サエコが看守にもきこえるように診断を下した。

「冗談だろ」

タチハラはなかば本気で異議を唱えた。

「冗談よ」

サエコが受け流し、タチハラは舌打ちして診察室を出た。


「早くしろ！　何をぐずぐずしてる？」

配膳係の囚人を、看守がせかす。おかげで、鉄格子越しにタチハラが受けとった朝食はスープのほとんどがこぼれてしまっていた。

「次！」

同房の囚人が進みでようとするのを、タチハラは遮《さえぎ》った。

「スープがない。足してくれ」

「次だ。早くしろ！」

「スープを足してくれ」

看守の動きが止まり、タチハラをにらみつけた。

「なんだと？」

タチハラは動ぜず、静かに続ける。

「朝からこれ以上揉《も》めごとが続いて困るのはあんただ。スープを足してくれ」

看守が警棒を握りしめる耳障りな音がした。

「その揉めごとを起こしてるのは、すべておまえだということはわかっているんだろうな、タチハラ?」

「スープはまだか?」

タチハラがくり返し、数秒のにらみあいののち、看守が折れた。あごでうながされた配膳係の囚人がスープを足してくれる。

一瞬、その囚人とタチハラの目が合ったが、お互いすぐにそらす。

「悪かったな」

同房の囚人たちにわびて、タチハラは踵《きびす》を返した。

一汁一菜に近かったが、こんなものでも食べなくては今日一日からだを動かすことはできない。理不尽に課せられた重労働をやりすごすことはできない。タチハラは何も考えずただひたすら咀嚼《そしゃく》し、わずかばかりのエネルギーの摂取を続ける。

突然、銃声が轟《とどろ》いた。

囚人たちがスプーンを動かす手を止め、しばらくは咀嚼も忘れている。

銃声は三発続いた。ということは、三人が死んだということだ。

処刑は毎日、朝食の時間に合わせて執行される。

俺は食らい、あいつは死ぬ。次は俺か、同房のこいつか、あるいは別の房のだれかか。

想像させて萎えさせ、憎悪と反抗心を抑えこむ。それが狙いだった。

銃声を耳にして、せっかくの朝食を吐くやつもいるが、タチハラは食った。ひたすら咀嚼し、摂取する。

生きるために。自由になるために。

通称、囚人島。

孤島の城砦《じょうさい》を改造した刑務所には、常時三百人ほどの受刑者が収容されていた。南極の天蓋都市《てんがいとし》やほかの島から送られてくる犯罪者の数と処刑されたり病死したりして海に捨てられる囚人の数がほぼ一定で、全体数の均衡が保たれている。

島の周囲は潮の流れが速く変わりやすく、小型船舶の航行にはまったく不向きだった。ましてや生身の人間が泳ぎだせば三十分ともたずに渦にのみこまれるか、群れをなして周回する鮫《さめ》のエサになるのがせきの山だった。

これまで脱獄に成功した者はただの一人もいないらしい。

だからこそやってやる。タチハラは誓っていた。

「朝食、終了！」

笛の音と看守の声が響きわたった。

食器の回収に現れたさっきと同じ配膳係の囚人が、小さくうなずいてみせる。

「ご苦労さん」

目を合わさず、タチハラも応えた。

やはり情報は正しかったらしい。となれば、決行は今日しかない。

同房の囚人のなかの二人にもその意が伝わり、緊張した顔を向けてきた。

労働の種類は、三十人ずつに分けられたグループにより曜日ごとに異なる。工場で油にまみれての機械作業、刑務所敷地内のメンテナンスや拡張工事などの作業、そして屋外で重機を使った作業などが交代でくり返される。

今日、タチハラが属するグループは一週間ぶりに農作業を課せられており、島の反対側にある農場まで出かけることになっていた。

壁や柵がないにもかかわらず農場での監視の目はゆるかった。絶海の孤島からの脱獄など不可能であり、決行するバカなどいるはずがないと看守たちが勝手に思いこんでいるからだった。

だが、ここにそのバカがいる。タチハラは腹のなかで笑った。

しかも情報が正しければ、今回の脱獄はほぼ百パーセント成功する。

三台のトラックの荷台につめこまれて農場に運ばれたタチハラたちは、ギラつく太陽の下、鍬《くわ》を振るい鋤《すき》をうがって汗を流していた。

さして肥沃な土地ではなかったが、刑務所で消費される程度の野菜や穀物はここからの収穫によってまかなわれていた。

ライフルを手にした看守が三人、海に臨む断崖絶壁とのあいだに囚人たちを囲いこむようにして散開しているのだが、全員明らかに眠気と戦っている。海鳥たちが低空で旋回して互いを威嚇するように鳴き、羽ばたいても、看守たちはまるで反応を示さない。

今だ。今しかない。

同房の囚人二人と目を交わしたタチハラが、手にした鍬をさりげなく足元に置き、行動に移ろうとしたまさにそのときだった。

「よお、タチハラ！　おまえ、海賊だったんだってな！」

看守の目などまるで意に介さずに話しかけてきたのは、囚人たちのあいだでボス的存在として君臨している大男だった。

剃《そ》り上げた頭頂部から足の指の先まで全身くまなくタトゥーを入れているところから、スミオと呼ばれていた。ここでも、シャバでその道のプロだった囚人に、毎日昼休み、追加の墨入れをさせている。

スミオか。頭のネジが何本か抜けたガキみてえな名前だな。いつだったか、ごく素直な感想をもらした新入りの囚人は、島に上陸してわずか三十分で鮫のエサになった。スミオが片手でそいつの首根っこをつかんで海に投げ捨てたのだ。島に不慣れな新入りが足を滑らせた。看守の報告書にはそう記されたらしいとあとからきいた。

「どんだけ稼いだ？　どっかに隠してあるんだろ、お宝。少しくらいおすそ分けしてくれてもいいじゃねえか、俺にもよ！」

さも親しげに笑いかけてくるが、スミオの目は笑っていない。

「ねえよ、そんなもん。みんな、使っちまった」

タチハラは答えた。もちろん、嘘だった。

「とぼけるなって！」

笑いながら放たれたスミオの肘打ちを食らい、タチハラは死ぬかと思った。

看守たちもほかの囚人たちも見て見ぬふりをしていた。同房の囚人二人はただ困惑して顔を見合わせている。

たしかに、タチハラは海賊だった。

三年前に南極の天蓋都市をひそかに抜けだし、ほかのあちこちの島から合流した仲間たちといっしょに海賊行脚をはじめたのである。

最初はうまくいっていた。

島から島へと運ばれる食料や物資を強奪するのはたやすく、反撃も追跡もなかった。

なんとなくみんな無気力で、威嚇や暴力に弱かった。もっともこちらにしても無益な殺生などする気はさらさらなかったのだが。

金もずいぶんたまった。しばらくは水没する心配のなさそうなあちこちの無人島や岩《がん》礁《しょう》などにそうしたお宝を隠した。

だが、突然何かが変わった。

三ヵ月くらい前から、なぜか行く先々で待ち伏せされて攻撃を受け、追跡され、仲間たちは次から次へとことごとく殺され、最終的にはタチハラだけが捕まって、裁判らしい裁判もなくこの囚人島へと送られたのである。

何か、目に見えない何かが、俺をここへ連れてきた。ふとそんなことを考えたこともあったが、すぐにバカバカしくなってやめた。

だが、その思いは胸の底に澱《おり》のように積もったままになっている。

「やるつもりだろ、タチハラ」

スミオの声が不自然に低くなった。

まさか、こいつ、知っているのか。

タチハラは思わず相手の顔を見返してしまい、自分に舌打ちした。図星だと告白したようなものだった。

「なんのことだ？」

無駄を承知でとぼけてみせると、笑顔の肘打ちがくり返され、タチハラは激痛によろめいて膝をつきそうになる。

「いっしょに行くぜ、俺も」

スミオが笑って腕を首に巻きつけてきた。

「いやなら、騒いでやる。脱獄を見つけたってな」

心の底から楽しそうに笑う。

否やはなかった。

すさまじい力で頸動脈《けいどうみゃく》が締めつけられ、窒息の闇が急速に押し寄せてくる。

ほかの連中から見たら、ただふざけあっているとしか見えないだろう。

「わかった……わかったから、放せ」

「で、どうやる？」

ほんの少しいましめがゆるみ、タチハラは酸素をむさぼった。

「……どうもこうもない。ここから、飛ぶ」

「あ？」

「ここから飛びこんで泳ぐ」

「ふざけるな！」

再び息がつまる。

「最後まできけ！　泳ぐ先は沖じゃない。そんなことをしたら、潮に流されて間違いなく死ぬからな」

「だったら、どこへ……？」

スミオの声がいちだんと低くなる。

「港だ」

「港？」

「島の断崖沿いにグルッと回って反対側の港まで泳ぐ。島を離れたくて脱獄したやつがそんなことをするとはまず看守たちは考えない。そこがつけめだ」

「港ってことは……船か？」

思案げに眉根を寄せるとほんとうに子どものような顔になった。

「情報では、今日の午後、新入りが来る。それまでに港に泳ぎつき、隠れて待つ。次は半年後だ。やるなら今日しかない」

「よし、行こう！」

いきなり引きずられた。

砂塵《さじん》が舞い上がるなか、そのまま断崖まで運ばれる。必死にもがいてタチハラはスミオの腕から逃れようとするがはたせない。

「待て！　看守に見られてる。もっと慎重に……」

その看守たちも、さすがに眠気からは解放されたようだったが、何が起こっているのかまだよくわかっていない様子だった。

だが、同房の囚人二人がタチハラたちのあとを追って走りだしたのを見て、突然事態を悟った。

「止まれ！」

「止まらんと撃つぞ！」

いっせいにライフルを構える。

呆気《あっけ》にとられて見ていたほかの囚人たちが、頭を抱えて伏せる。

一斉射撃と断崖からのダイブが同時だった。

もっとも、タチハラはスミオにひっぱられるまま、ただ落下しただけだったが。

一秒後が海中だった。

これで自由になれるかと思ったが、甘かった。スミオの腕はなおいっそう強く万力のようにタチハラを締めつけ、からだごとしがみついてくる。

「放せ……放せ！」

思わず叫んで、海水を飲んでしまう。むせ返ってはまた飲む。激痛がのどと鼻から頭蓋骨へと突き上がる。

こいつ、まさか。

「泳げないのか？」

再び海水を飲んでもがくと、ふいにスミオの力が抜けた。失神したのだ。口と鼻からおびただしく気泡を吐きだし、タチハラから離れてそのまま沈んでいこうとする。

とっさにその腕をつかみ、からだを抱えた。

いっしょに沈もうとするのにあらがい、上へ上へとタチハラは泳いだ。

だが、近くにいた同房の二人が海水を貫いて飛びこんできた銃弾を食らってぐったりと漂うのを見て、あわてて動きを止める。

死者から流れでた血液が海中に差しこむ陽光にゆらゆらときらめくなか、次々と矢のように銃弾が降り注いでくる。

幻想的なその光景に、タチハラは一瞬方向を見失ってパニックに陥った。

必死に目をこらし、一方に黒々とした断崖を認めて水をかき、蹴った。

執拗《しつよう》に続く銃撃から逃れて沖に向かいたくなるのをこらえ、タチハラは断崖にとりついたまま横移動していく。

水中とはいえ巨漢のスミオが重い。重すぎる。腕がちぎれそうだ。息を止めた肺も限界に近い。破裂しそうな痛みを無視してタチハラは泳ぐ。泳ぎ続ける。

大きく張り出した岩棚《いわだな》を迂回《うかい》すると、さすがに銃撃が届かなくなった。

断崖をクライミングするようにゆっくりと浮上する。

寄せる波で岩肌に叩《たた》きつけられないよう、返す波で沖にさらわれないよう、細心の注意を払ってタチハラは海上に顔を出した。

肺が空気をむさぼり、酸素を充塡した頭蓋がじんじんと痺《しび》れる。

とたん、意識を取り戻したスミオが海水を吐きだし、激しく咳きこんでもがく。

「落ちつけ！　暴れるな！　スミオ！」

我に返ったスミオが動きを止め、断崖にしがみついた。

「どこだ、ここは……？」

「まだそれほど離れていない。港までこのまま行くぞ」

「おまえ……もしかして、俺を助けてくれたのか？」

「泳げないなら泳げないと先に言え。心中はまっぴらだ」

「……すまねえ」

轟々と鳴る波の音にかき消されそうな、巨軀《きょく》に似合わない声だった。きこえなかったふりをしてタチハラは先に立った。

「行くぞ。断崖から手を離すなよ」

「わかった」


港といっても小さな漁港ほどの船だまりで、情報どおり入ってきたその中型船にとっては少々せまいくらいだった。

三十分前に泳ぎついたタチハラとスミオが、ドックの隅に隠れてそれを見守っていた。

「やったぜ！　あとはあれを乗っ取ればいいんだな」

古びてはいるがこのあたりの潮と渦を乗りきるには充分な船だと思われた。

「新入りを降ろしてから、燃料を入れて整備もするはずだ。いただくのはそれからだ。この先、旅は長いからな」

さすがに頬がゆるむのが自分でもわかった。

「待ち遠しいぜ！」

五分経った。しかし、船からはだれも降りてこなかった。

港から燃料を入れにいく人間も見当たらず、整備も始まろうとしなかった。

さらに三分。

「おい、どうなってる？」

「動くな」

立ちあがろうとするスミオを制してタチハラは見回した。

そもそも最初から人影がなかった。そのことに今初めて気づいて舌打ちした。

静まり返った港に、飛び交う海鳥の鳴き声が落ちてくる。

「……罠《わな》だ」

「あ？」

うろんげに見返すスミオの右胸がぼんやりと光っている。曼荼羅《まんだら》のようにびっしりと彫りこまれたタトゥー越しにコイン大の明滅が見てとれる。

「罠って……どうして俺たちの居場所がわかるんだよ!? おまえの仲間はさっき死んじまったんじゃねえのかよ? だれがしゃべるんだよ?」

混乱したスミオが叫びまくる。

タチハラの脳裏に、情報をくれた配膳係の囚人の顔が浮かんだが、たぶん無関係だろう。

居場所を知らせたのは、ほかでもないこいつだ。

タチハラの視線をたどって、ようやくスミオも胸の明滅に気づいた。

「……なんだ、こりゃ?」

「発信機だ。おまえが自分で仕込んだんでなきゃ……たぶん、タトゥーを入れさせてるときに麻酔でも打たれて眠らされて……」

スミオが絶叫した。怒りの雄たけびが轟きわたる。

同時に自分の胸倉をつかんで爪を立て、発信機ごと肉をえぐりとって握りつぶした。

タチハラが止める間もなかった。

鮮血が飛び散り、スミオの巨軀がぐらりと揺れる。

「二人とも動くな!」

武装した十数名の看守たちが現れたのはそのあとだった。銃口を向け、包囲するようにして慎重に距離をつめてくる。

「汚ねえぞ、てめえら……汚ねえぞ！」

血まみれのスミオがよろめくように突進した。手負いのグリズリーのように。

「やめろ、スミオ！」

一斉射撃の音はまるで落雷のようだった。

全身に被弾し、ボロ雑巾のように引き裂かれてスミオは絶命した。

「スミオ！」

駆け寄ろうとしたタチハラは、殺到した看守たちになぎ倒され、激しく警棒を叩きつけられて押さえこまれた。

「そうか……こいつと俺と、両方をつぶすのが目的だったんだな。朝飯の処刑よりよっぽど見せしめとして効果的だと……」

血へどを吐きながらタチハラがにらみつける。

看守たちが嘲笑った。肯定の笑いだった。

「独房！」

後頭部に銃《じゅうしょう》床の一撃を食らって崩れ落ちるタチハラに、一転鋭い声が飛んだ。

「戦え、タチハラ……タチハラ！」

いつものあの声が挑発する。

「戦え、ギャレン！　ブレイドと戦え、ギャレン！」

だが、いつもの悪夢とは違っていた。

自分とは別の、もう一体の異形の者とタチハラは対峙《たいじ》していた。

ギャレン。俺のことか。夢のなかで、タチハラは自問する。

ブレイド。もう一体のこいつのことか。なぜ、俺はこいつと戦うのか。

「戦え、ギャレン……ギャレン！」

そこへ、彼女の声が割りこんでくる。

「タチハラくん……タチハラくん！」

独房までサエコは来ていた。

「わたしの患者だからって無理を言ったの。大丈夫？　気分は？」

目を覚ましたタチハラの脈をとり、血圧を測る。ざっと全身を触診して、切り傷や痣《あざ》に薬を塗り、包帯を巻いて処置する。

「……気分なら最悪だが、体調は万全だ」

鈍くうずくような痛みを無視してタチハラは答えた。やり場のない感情が腹の底でくすぶっているのがわかる。

「でしょうね。こっち見て」

眼球の充血を調べるサエコからほのかに香水が香って、タチハラは顔をそむけた。

「何？」

「いや……なんでこんなところで働いてるんだ、先生？」

独房の壁には、過去に幽閉された囚人たちの落書きや日付を確かめるような記号が書き残されていた。彼らの怒りや憎しみ、絶望までもが滲《にじ》みでているようだった。

「こんなところでも……わたしが生まれた島なのよ」

「それは……知らなかった」

「敷地の一部を、刑務所を管理する機関に売ったの。お金に困ってね。わたしも同じ。お金に困って、たまたまここに職を得た。それだけのことよ」

「……すまない。つまらないことをきいた」

「あら、意外。気をつかってくれるのね、海賊さん」

おどけるように笑って、サエコはドアの外に声をかけた。

「終わったわ」

ロックが解かれてドアが開き、看守が顔を見せる。

「ごめんなさい。念のためもう一度……」

サエコが思いだしたようにタチハラの手をとって脈を測り、「ハイ、ＯＫ」とうなずいて出ていった。

ドアが閉まり、再びロックされる。

遠ざかる看守の足音を確認して、タチハラは握っていた拳を開いた。鋼鉄製の小さなヤスリが残されていた。

サエコの真意を訝《いぶか》りつつ、タチハラはその夜から再び脱獄の準備を開始した。

窓の鉄格子三本を切断するのに、三日かかった。

毎日アトランダムに行われる看守の巡回のすきをついて、少しずつ、だが着実にヤスリを使い続けた。

そして今夜、消灯から三時間後、気休めと知りつつも人型に丸めた毛布をベッドに残して、タチハラは独房から脱出した。

屋根から屋根へ足音を忍ばせて移動する。

朽ちたコンクリートが崩れそうになっているところを避け、慎重に歩を進める。

目指すのは、敷地を囲む外塀にもっとも接近している北側の張り出し部分だ。助走をつけてジャンプすれば、なんとか手が届くはずだとタチハラはふんでいた。

頭上の三つの月が、いつもと違ってまがまがしく赤い。

突然、見えない壁にぶつかったのかと思った。

すさまじい気圧の変化が、耳の奥にドリルを突っこまれたかのような激痛をもたらし、タチハラはうめき声をあげた。
次の瞬間、夢に見続けたあの不死身の怪物たちが出現した。
その数、数十体。
空を翔《か》け、風を切り、次々に急降下して襲ってくる。
「バカな……⁉」
あれは夢ではなかったのか。
だとしたら、これも夢なのか。
いや、夢ではない。
眼前に迫りくる怪物たちの鋭く凶悪な牙と爪は、現実そのものだった。
間一髪、それを避けてタチハラは転がった。
軒先まで転がり、勢い余って空中に躍りでるも、とっさに両手を伸ばしてぶら下がる。
そのとき、脳内に再びあの声が響いた。
「戦え、ギャレン！　アンデッドを倒せ！」
アンデッド。この怪物たちのことか。
アンデッドと戦い、倒せというのか。この俺に。
だが、素手でどう戦えというのだ。これは夢ではなくて、現実なのだ。
「戦え、ギャレン！　戦え！」

やかましい。黙れ。

「黙りやがれ！」

軒先から無防備にぶら下がったタチハラに向かって、中空を翔けたアンデッドたちが襲いかかってくる。

さらに地上からも、ムカデのように壁を這《は》い上がってくるアンデッドたちが見えた。

死ぬのか、ここで。俺もついに。

タチハラがなかば覚悟したそのとき、別の褐色の群れが出現した。

「クワガタ……？」

カラスほどの大きさの褐色のクワガタムシたちが、なぜかタチハラを守るかのように褐色の壁となってホバリングし、アンデッドたちを迎撃した。

一匹や二匹なら勝負にならなかったろう。

だが、その数はアンデッドたちを大きく上回り、一体につき数十匹が群がっては鋭いあごで目や鼻、口や耳と思われる部分を激しく突きまくった。

アンデッドたちは青色の体液を振りまいて次々に落下、地面に叩きつけられて消滅する。

そのあいだにタチハラは屋根によじ登ろうとしたが、もはや限界だった。

軒先から手が離れて落下、したたかにからだを打ってうめく。

だが、痛みに耐えながら、なんとか踏ん張って立ちあがる。

さっきから甲高くサイレンが鳴り響いており、サーチライトの光芒《こうぼう》が所内の庭を、空を切り裂くように駆け巡っていたのだ。

一瞬、脱獄が発覚したのかと思ったが、違った。交錯してきこえる悲鳴や怒号から、看守や囚人たちにもアンデッドが襲いかかっているようだった。

なんとかこのすきに脱出路にたどりつかなくては。

しかし、屋根の上ならともかく、暗い地上では方向がわからない。通路はせまく、左右の壁が高いので、三つの月の光も届かない。

右に走っては迷い、左に走っては迷ううちにタチハラは、アンデッドから逃げてきたらしい看守の一人と鉢合わせした。

「貴様……タチハラ！　また脱獄を！」

目を剝《む》いた看守が拳銃を抜いて突きつけ、無線機を使おうとする。

「そのまま動くな！　動くと撃つぞ！」

まずい。応援が駆けつけたら、すべてが終わりだ。

一か八か、タチハラが飛びかかろうとしたそのとき、青白い火花が飛び散り、四肢を激しく痙攣《けいれん》させて看守が崩れ落ちた。

そこに、スタンガンを手にサエコが立っていた。

「こっちよ！」

タチハラが驚くいとまも与えず、先に立って走る。

「いつかこうなる気がしていたわ」

窓に映ったサエコの顔が、炎に照らされていた。

上昇するロープウェーのゴンドラから、刑務所全体が見下ろせた。

火の手があちこちから上がり、地獄の窯のような様相を呈している。

窓の外を群れをなして飛ぶ褐色のクワガタたちが、執拗に追ってくるアンデッドたちの接近を阻《はば》んでいた。

刑務所の裏手から、サエコの先導でタチハラは古びたロープウェーに乗りこんだ。

こんなものがあるとは、今の今まで知らなかった。

山頂へと伸びるワイヤーも鬱蒼《うっそう》たる木々で覆《おお》い隠されていたし、ましてや終点にあるはずの古城も話にきくだけで、刑務所内のどこからもその姿を目にすることはできなかった。

「あそこ……あそこがわたしの生まれた場所」

サエコの言葉に、タチハラが見上げる。

ふいに視界が開け、黒々とそそり立つ古城が現れた。

ゆっくりとのしかかるように迫る威容に、三つの赤い月がかかっている。

城内はひんやりと薄暗く、森閑《しんかん》としていた。

「もともとはどこかの国の貴族がリゾート用に建てたものらしいわ。それを、わたしのご先祖様が島ごと買い取ったの」

高い天井と長い廊下に、サエコの声と二人の足音が冷たく反響している。

いつの時代のどんな様式かは知らないが、豪奢《ごうしゃ》な貴族趣味であろうことはタチハラにもわかった。

通されたどの通路やどの居室にも、あの独房の壁とはまた別の多くの人間たちのさまざまな思いが染みついているようだった。

「居心地、悪そうね。わたしも同じ。ここで生まれたけど、ここで過ごしたのはごくわずか。十代のはじめに、留学のために島を出たから。でも、結局戻ってきた。なぜか、それだけが自分でもわからないんだけど……」

俺と同じだとタチハラは思った。どんな運命のいたずらか、なぜか俺もここへ来ることになった。

「そして今、このざまってわけ……」

自嘲《じちょう》と諦念《ていねん》が混じった語調の奥に、何かがあった。

「……どうして俺をここへ連れてきた？」

改めてタチハラはサエコを見つめた。

「あのままあそこにいるわけにはいかなかったでしょ。きっと殺されてたわ。看守か、あの怪物たちに……」

今も続いているだろう麓の騒ぎが嘘のように城内は静まり返っていた。

これこそが悪い夢だとでも言うように。

「何か知ってるのか、あの怪物たちのことを？　もしかして……俺の夢のことも、どういうことかわかってたのか？」

声が高くなるのが自分でもわかった。

「怒鳴らなくてもきこえるわ。そう……あなたの夢について言えば、それと関係しているかもしれないあるものがここにはあるわ。それを見せたくて、あなたをここへ招待したと言ってもいいんだから」

「あるもの？」

そのとき、突風が吹きこんだかのように窓ガラスが割れ、砕け散った。

そこから、炎に包まれたあの褐色のクワガタたちが次々に飛びこんできては、壁や床に叩きつけられて燃えつきる。

続いて、奇声をあげてアンデッドたちが炎を吐きながらなだれこんできた。

すさまじい気圧の変化に、耳朶《じだ》に激痛が走る。

「来て！」

サエコが走り、タチハラが続いた。

螺旋《らせん》階段を駆け上がった二人は、最上階の一室へと飛びこんだ。

サエコが施錠し、タチハラが大型のキャンドル立てを扉の把手に横から差しこんで即席のバリケードを築いた。何もしないよりはましだろう。

「あれは……！」

改めて室内を見たタチハラが、思わず叫んでいた。

天窓から差しこんだ三つの月の光が、主のいない玉座《ぎょくざ》を赤々と照らしていた。

そこに、見覚えのあるベルトとカードが置かれている。

「夢じゃなかったのか！」

何度もくり返して見た夢のなかで、俺はこいつを使って異形の者へと姿を変えた。そして、このカードを使ってさまざまな武器や技を繰りだしてはあの怪物たちと戦い、倒して、封印したのだ。

「どうして……これがここにあるんだ？」

サエコの目が遠くを見ていた。

「百年前……突然これがここに現れたってきいてるわ。それから代々受け継いで、わたしもこうして保管し続けた。これを使える人が現れるのを待ちながら……」

「それが……俺、だと言うのか？」

「夢の話をきいたときは驚いたわ。そして、喜んだ。待ったかいがあったって」

「これを……使えと言うのか、俺に？　そして……」

タチハラの脳裏に、あの声がよみがえる。

「戦え、ギャレン！　戦え！」

執拗にリフレインする。

「なぜだ？　どうして戦わなくてはならないんだ、この俺が？」

「わからないわ。でも……わたしはあなたの戦いが見たい。それは……たぶん、わたしが何者か知りたいからよ。あなたが戦わなくてはならないように、わたしもこれを保管し続けなくてはならなかった。なぜ？　どうして？　それが知りたいの」

それが、サエコの奥にあるものだった。

「わたし……生まれてからずっと自分の心に穴があいてるって感じてた。ここを離れてみたけど、それは埋められなかった。どこに行っても、何をしても同じだった。でも……今なら……」

そんなサエコを見つめ、タチハラはうなずいていた。彼女の言わんとすることがなんとなくわかるような気がしたのだ。

俺も同じかもしれないとタチハラは思った。

ただ逆らって、ただ好きに生きている、ずっとそのつもりだったが、たんにそれは逆らう敵がいたから逆らうことができていただけなのではないか。

ほんとうは自分のなかにあいた穴を見たくない、ごまかしていた、ただそれだけだったのではないだろうか。ほんとうの敵と俺はまだ戦ってはいないのではないか。

「だが、今なら……」

「え？」

そのとき、すさまじい衝撃音とともに扉に亀裂が走った。

亀裂のすきまからは、怪物たちの吐く炎がもれ、瞬く間に扉が燃え上がる。

「タチハラくん！」

「さがってろ！」

タチハラはベルトをつかんで身構えた。

するとベルトは、まばゆい光を発しながらその手を離れ、自らの意志でタチハラの腰へと巻きつき、装着された。

「変身！」

タチハラの口から、無意識に言葉が飛びだしていた。

ベルトが放つエネルギー波を通過して、タチハラはギャレンとなった。

第四章　アンデッドの島

その島に上陸するのは初めてだった。

方舟《はこぶね》が接岸できるような比較的大きな港を持つ島の場合は、トウゴたちもひそかに方舟を降りて上陸することができたが、年々そんな島は少なくなっている。

ここのように岩礁《がんしょう》に囲まれて水深の浅い島へは、沖に停泊させた方舟からボートを降ろして向かうので、さすがに便乗するというわけにはいかない。

海に飛びこんで泳いで上陸することもできたが、もしも置き去りにされたらと考えると怖くてこれまでできなかった。

それが、今回はトウゴたちも同行を許された。

古びてぎしぎし鳴る木製の桟橋を、三艘《そう》のボートから降りた船長と機関長を先頭に両派の代表が十人ほど歩き、そのあとをトウゴたちドブネズミ団が続いていた。トウゴとタクホとリキヤ、ダイとメイを連れたレンもいる。採れたての新鮮な果実を二人に食べさせてやりたいからとついてきたのだ。

そして、ケンザキとコジロウもいっしょにいた。

「あの島……」

今朝、方舟のデッキから火山の噴煙をたなびかせる島影が見えたとき、ケンザキがもらしたのだ。そして、いっしょに行く、連れていってくれと懇願したのだった。

「もしかして、何か思いだしたの？」

トウゴの問いに、ケンザキは苦しそうに首を振った。救助されてから三日、いまだに過去を思いだそうとすると頭痛がするらしい。

「だが……感じるんだ……なんだかわからないが、たしかに……」

ゆっくりと近づいてくる島を見つめるその目が光っていた。

「だったら、俺も行くぜ！」

それをきいたコジロウが声をあげていた。

あれから廃棄《はいき》エリアを出たコジロウは、二度と酒を飲まないという条件で、正式に方舟の記録係に抜擢《ばってき》された。アンデッドの襲撃とブレイドの出現を予知したかのようなあのモノガタリの作者、サッカとして評価されたのだ。みんな、どうしてあれが書けたのか、アンデッドとはなんなのか、どこから来たのか、ブレイドとはなんなのか、トウゴと同じように知りたがった。

「なんていうか……神が降りてきた？」

相変わらずわけがわからない言葉でみんなを煙に巻いていたけれど、もちろんいちばん知りたがっていたのはコジロウ本人だった。それが今回の志願理由なのは明らかだったし、なによりこれから先ケンザキの身に起こることを細大もらさず書き記すことこそ、モノガタリ第二作につながるとひそかに考えているらしかった。

そして、長いあいだ対立していた操舵《そうだ》と機関、両エリアの和解が成立したのは、アンデッドの犠牲者たちを弔う水葬の儀式においてだった。

これもコジロウのいたサロンから抜擢されたミュージシャンたちが、即席のバンドを組んで葬送のワルツを奏でるなか、船長と機関長が握手をかわした。

方舟を降りるかこのまま航海を続けるかについては、とにかく島に上陸して島民とも話しあい、改めて結論を出そうということになった。

トウゴたちの存在も、消火を手伝い、ケガ人を介抱したことで認められた。もちろんこれを機に盗みをやめるという条件で。

「見直したよ、おまえら」

「今まできつく当たってすまなかったな」

「べつに、わかりゃいいんだけどよ……」

船長と機関長の謝罪に、リキヤが照れくさそうに頭をかいた。

大人の言うことなどきけるかという態度を最後まで崩さなかったタクホも、レンにさとされて結局うなずいた。

「今日でドブネズミ団は解散だ。ただし、ドブネズミの精神は忘れるなよ」

「わかってるよ、タクホ！」

「もちろんだよ、タクホ！」

リキヤが同調し、トウゴも大きくうなずいた。

最後に、ケンザキを受け入れるかどうかで意見が分かれた。

けれど、もしもあのときケンザキがブレイドに変身して戦ってくれなかったら、アンデッドの犠牲者はあれだけではすまなかっただろう。方舟だってもっと大きな被害を受けてひょっとしたら沈没していたかもしれない。

ダイとメイも、トウゴたちだってここにこうしていられなかったに違いない。

ただひとつ、彼が記憶喪失《きおくそうしつ》であることが一部の大人を不安にさせた。

ケンザキは、どうして自分がブレイドに変身できるのか、なぜアンデッドと戦うのかということさえ忘れていた。

いつかケンザキが記憶を取り戻したとき、それでもみんなを守って戦ってくれるのか、あるいは敵に回りでもしたらどうするのか、彼の正体も含めてたしかにわからないことだらけではあったから。

でも結局、ケンザキは受け入れられた。

再びアンデッドが襲ってきたら。その恐怖のほうが大きかったのだ。

それよりトウゴが心配だったのは、一連のこの話しあいに、最後まで客室エリアからは誰一人として出席しなかったことだ。ケンザキの救助にもあれだけ反対した連中だ。受け入れに賛成のはずはない。それがあれ以来ずっと沈黙を守っている。

なんだかいやな予感がするのは自分だけだろうか。

一方で、ケンザキの受け入れをいちばん喜んだのももちろんトウゴだった。

記憶さえ失っていなければ、尋ねたいことは山ほどあった。ブレイドやアンデッド、モノガタリのことはもちろんだけど、ケンザキがこれまで見てきただろう、トウゴの知らない世界のことが知りたかった。

ここではないどこかのことがトウゴは知りたくて知りたくてたまらなかった。

「悪いな、トウゴ。ほんとうに何も思いだせないんだ」

ケンザキはほんとうにすまなそうにあやまった。

「ううん、大丈夫。なんかケンザキのそばにいるだけで、ほかの場所のこととかいろんなこと考えられるから。これまでそんなこと考えたこともなかったから」

ケンザキが不思議そうにトウゴを見ていた。

「……おもしろいやつだな、トウゴ」

「変なやつなんだよ、こいつは」

まぜっ返したのは、リキヤだ。

「いっつも本とか読んでるし、むずかしい言葉とか使いたがるし。あんなめくってもめくっても字ばっかの、何がおもしろいんだっつうの」

「でも……それでケンザキに会えた」

「何それ？　意味わかんねえ」

「いいよ、わかんなくて。それより、ケンザキ……」

そこへ、「ケ～ンザキ～！」とダイとメイが転がるように走ってくる。

「なんだよ、おまえらまで呼び捨てか？」

笑いながら二人をひょいと抱き上げる。キャッキャッと二人が笑う。

「ごめんなさい、みんなの真似しちゃって」

続いて現れたレンがケンザキに頭を下げる。

「あやまることないって、レン。ケンザキはケンザキだろ。だいたい、漂流してるのを助けてやったの、俺たちじゃねえか」

リキヤが大人ぶってまたまぜっ返す。

「あんたが助けたわけじゃないでしょ、リキヤ。ていうか、わたしたちが彼に助けてもらったんじゃないの。あやまりなさい」

だけどそのあいだに、当のケンザキはダイとメイと鬼ごっこをはじめていた。いっしょに遊ぼうとケンザキに誘われたほかのエリアの小さな子たちもまじって、もう大騒ぎだ。デッキに今まできいたことがなかった笑い声が弾けていた。笑っているのは子どもたちだけじゃなかった。それを見ている大人たちもみんな笑っていた。

でも、トウゴは気づいていた。

子どもたちにまとわりつかれてひっくり返ったケンザキを見て吹きだすタクホやレンや僕から離れて、一人リキヤがそっぽを向いているのを。

その夜だった。

「なんであんなやつの食い物とかつくってんだよ、レン！」

リキヤの怒鳴り声がきこえていた。

ダイとメイのからだを洗ってやっているタクホを残して先に風呂を出たトウゴは、自分たちの部屋の前まで来て思わず足を止めた。

操舵エリアの一室を与えられたトウゴたちの生活は、せまいながら以前の秘密基地とは比べものにならないほどぜいたくになった。なにより清潔なベッドがあり、最低限の家具があり、小さな簡易キッチンまであった。

そのキッチンで、レンが夜食をつくって、別の部屋を与えられたケンザキに届けているのは知っていた。ケンザキのシャツとか、繕いものなどしてそれを届けるついでに。リキヤが言っているのはたぶんそのことだろう。

「レンは……レンは、俺たちのレンだろ？」

「ちょっと……何するの、リキヤ？　やめなさい！」

ドアのすきまから覗《のぞ》くと、リキヤがレンをベッドに押し倒していた。

「痛い！」

リキヤが乱暴にレンの胸のふくらみをつかんだのだ。

かっとからだが熱くなり、ドアを蹴って飛びこもうとしたそのとき、トウゴはリキヤが泣いているのに気づいた。

「頼むよ、レン……このまま……ちょっとだけ……」

泣きながら、レンの胸に顔をうずめる。

「……かあちゃん……」

レンの抵抗がやみ、リキヤの髪をそっとなでて抱きしめた。

ふいにトウゴは思いだしていた。

リキヤの母親はまだ幼かったリキヤを抱いて方舟のデッキから入水し、自分一人だけ死んでしまったと大人たちがいつか話していたことを。トウゴのすぐ横でリキヤもその話をきいていたはずだったが、あのときリキヤがどんな反応を示したのかは覚えていない。

そのことを思い返したほんの一瞬、トウゴのなかでなにかがよぎったような気がしたのだが、はっきりとはわからなかった。

そこへ走ってきたタクホが、ものすごい形相でトウゴを突き飛ばして部屋に飛びこんでいったからだ。

「リキヤ、てめえ！」

レンからリキヤを引き剝がし、殴り倒し、蹴りつけるのが見えた。

「やったな！」

リキヤが跳ね起き、猛然と腕を振り回し、足を飛ばして反撃する。

「やめて、タクホ！　リキヤ！」

レンが叫び、トウゴも部屋に入ろうとしたが、二人の勢いに圧倒されて動けなかった。

そのトウゴの肩をつかむ手があった。驚いて振り向くと、初めて見るケンザキの険しい顔がそこにあった。

「むこうへ連れていけ」

その腕にぶら下がっていたダイとメイを渡されてトウゴはあとずさったが、すぐにまた動けなくなって見守った。

「やめるんだ！」

部屋に入ったケンザキが一喝し、さすがに二人は動きを止めて荒い息をついた。

「どういうことだ、いったい？　説明しろ、タクホ！　リキヤ！」

二人とも拳を握りしめたまま答えない。

ふっとケンザキの語調が変わった。

「……俺か？　俺が原因なんだな？」

「違う！」

「違うわ！」

タクホとレンが同時に叫んでいた。

リキヤが唇をかむのを見て、ケンザキの顔が悲しそうにかげる。

「……俺が気に入らないなら、俺が出ていく。船を降りる。だから、友だち同士でケンカはするな。争うな。絶対に……絶対に争っちゃだめだ！」

途中から、無意識にだろう、ケンザキはどこか遠くを見るような目になった。

自分でも思いだせない遠い過去に、忘れてしまった昨日に、何かそんな出来事があったのだろうか。きっとそうに違いないとトウゴは思った。

静まり返った室内で、そのときリキヤが絶叫した。胸の底におし隠していた思いを吐きだすかのように叫んで、叫んで、泣いた。

そのリキヤを、ケンザキが抱きしめた。抱きしめながら、ケンザキも泣いていた。

それを見たダイとメイががまんしきれずにわんわんと泣きだし、タクホもレンも、そしてトウゴも泣いていた。

丸い船窓から、穏やかな海に映える三つの月が見えた。不思議な夜だった。

島は火山による地熱で、亜熱帯のような気温と湿気に覆《おお》われていた。

少し歩いただけでトウゴたちは全員汗だくになった。

そのうえ、もうずいぶん前に島の水没に備えて高台に移されたという村にたどりつくまで、急な斜面を三十分かけて登らなくてはならなかった。

でも、あえぎあえぎ歩いて次第に無口になっていく大人たちとは逆に、トウゴたちはどんどん元気になっていった。

久しぶりに踏む土の感触やむせ返るような緑の匂いに、トウゴたちは興奮していた。

食べられる木の実を選んで摘んだレンが、ダイとメイの口に入れてやる。

タクホとリキヤは珍しい昆虫を見つけては捕まえて虫かごに入れ、トウゴは愛用の図鑑片手に植物や鉱物の名前を調べてメモをとったりした。

リキヤは嘘みたいに晴れ晴れとした顔をしていた。だれも昨日のことには触れず、いつもと同じように笑いあっていた。

一方、自分の記憶と照らしあわせるように周囲を見回しながら歩くケンザキの顔は、次第に途方に暮れていくようだった。

「やっぱ、簡単には思いだせないか……そりゃそうだよね」

コジロウは、さっきまで滝のようにかいていた汗がひいて今は干からびたカタツムリみたいになってケンザキにくっついて歩いている。

「コジロウのやつ、絶対また隠れて飲んでるよな……」

リキヤが笑いをこらえてささやく。やれやれ。それは絶対間違いない。

「ねえ、ケンザキ、不思議に思ったことはないかい？」

覗きこむようにしてコジロウが話しかけていた。ケンザキがまるで反応しないのも気にしていない。

「自分で言うのもおかしいけど、あのモノガタリを書くまで考えたことなかったんだよ。この世界がほとんど三つのカテゴリーでできてるなんて、あまりにも当たり前すぎてさ」

トウゴは図鑑から顔を上げた。

コジロウが何を言いだすのか、なんとなく想像がついたからだ。そして、それはトウゴの疑問でもあったからだ。

「天国、地上、地獄。政治、経済、法律。赤、青、黄、三原色。グー、チョキ、パー。ブンチャッチャ、ブンチャッチャ、ミュージック。ハート、ダイヤ、クラブ、トランプね。そして、あの三つの月も……」

白く薄い昼間の月が、いつものように三つ並んで浮かんでいた。

「ちょっと待て。今、なんて言った？」

ケンザキが足を止め、コジロウがつんのめった。

「だから、あの三つの月も……」

「その前……トランプは……」

「ハート、ダイヤ、クラブ」

「スペードは？」

「え？」

「ミュージック……音楽は……」

「ブンチャッチャ、ブンチャッチャ、ワルツだよ」

「四拍子は？　エイトビートは？」

「え？」

「ないのか？　ないんだな？」

「ああ、だから……」

「どういうことだ……どうなってるんだ？」

ケンザキが苦しそうに顔を歪《ゆが》め、頭を抱えた。

「どうしたの？　また頭が痛いの？」

目ざとく気づいたレンが駆け寄る。

「そう、そうなんだよ！　俺が言いたいのはまさにそのことなんだよ！」

コジロウの声が高くなった。

「俺が書いたモノガタリのなかで、君が……というか、ブレイドが空を見上げる場面があるんだけど、そこに浮かんでる月はひとつなんだ。フィクションなんだから当然だって思ってた。我ながらおもしろい発想だよなって。月がひとつしかない世界。いいじゃんいいじゃんって思ってた。ほかにもある。今君が言ったトランプの……スペードだっけ？　それって、ちゃんと俺のモノガタリに出てくるんだよ。音楽もワルツだけじゃなくて、たしかロックとかブルースとかって形式のものも……」

そのとおりだった。トウゴも覚えていた。だから、すごい話だって思ったのだ。

ここではないどこか。ここことは違う、別の世界のモノガタリ。

「自分で言っててておかしいことはわかってる。正直、俺が書いたっていうより、だれかに書かされたって感じなんだからね」

だいぶ先を歩いていた船長たちが何ごとかと足を止めて振り返っている。

「ところが、現実にこの世界に出現したアンデッドは、やっぱり三種類だった……」

たしかに、とトウゴは思いだしていた。

空から来たアンデッド、海から来たアンデッド、地からわいて出たようなアンデッドの三種類。

「それを、今度は君が、ブレイドが戦って倒してくれた。今あるこの現実と干渉しあって微妙に修正されつつ、それでもたしかにモノガタリが現実になったんだ。ということは……こうも考えられないだろうか？　ほんとうは、あのモノガタリのほうが現実で、今俺たちがいるこの世界のほうがフィクションだって……」

しばし沈黙が落ちた。

「どういうこと？」

「わけわかんねえ」

レンとリキヤが首をかしげた。

「嘘だろ。これが……つくりものだって？」

タクホが見上げ、見回した。みんなも同じ思いだったろう。そんなバカなことあるはずがない。信じられるわけがない。

トウゴのなかで、あの言葉が再びリフレインしていた。

ここではない、どこか。ここではない、どこか。

コジロウが続けた。

「あと……モノガタリのなかでは、アンデッドを倒したら封印《ふういん》できるはずなんだけど……できなかったよね、ケンザキ。あれって、どういうことなんだろう？」

トウゴはブレイドが投げたカードがUターンして戻ってきたのを思いだしていた。たしかに、モノガタリではカードのなかにアンデッドを封印できるはずだった。

「わからない……思いだせない……」

ケンザキが苦しそうにうめいた。

「もうひとつ。モノガタリには、あと三人、別の仮面ライダーが登場するんだけど、知らないかな？」

カリスとギャレンとレンゲル。

何度もくり返して読んで暗記している彼らの名前をトウゴは心のなかでつぶやいたが、ケンザキはただ荒い息であえぐだけだった。

「大丈夫？　少し休ませてもらう？」

レンの言葉に、リキヤも吠《ほ》えた。

「コジロウのせいだぞ！　だいたい自分で書いたモノガタリのこと、なんで自分がわかんないんだよ？　なにがだれかに書かされた、だよ！」

あんなに反発していたのに、今は完全にケンザキの味方だ。

ダイとメイにもにらみつけられて、コジロウは頭をかいた。

「ごめん、悪かったよ……」

「いや……俺なら、大丈夫だ。ちょっと混乱してるだけだから……」

ケンザキが首を振り、大きく息をついた。苦しそうな表情は消えている。

そのとき、船長と機関長が声をあげた。

「おい、何してる？　もうすぐ村だぞ！」

「おいてくぞ！」

トウゴたちは我に返ってまた歩きはじめた。


村は空っぽだった。

小さな広場を囲む掘っ立て小屋のような家々がしんと静まり返っている。鳥や虫の鳴き声もなぜかまったくきこえなかった。

「だれもいないぜ」

「どういうこと？」

リキヤが近くの家の窓を覗きこみ、レンが不安そうにダイとメイを抱き寄せる。

船長の指示で、トウゴたちはそれら十数戸を手分けして調べた。

やはり、人っ子一人見つからなかった。しかも、不思議なことにどの家も食事や料理の途中で突然住人が出ていったという感じだった。

「食い物の腐り具合からみて……三、四日は経ってるな」

「いったい、何があったんだ？」

船長の分析に、機関長が疑問で答える。

「まさか、アンデッドが……？」

コジロウが口走りそうになって、あわてて口を覆った。

だれもが脳裏に方舟での惨劇《さんげき》をよみがえらせ、蒼白《そうはく》で立ちすくむ。

「だが、ここは襲われてない……たぶん、その前に逃げたんだ」

ケンザキが破壊の痕跡《こんせき》が認められない周囲を見回していた。

「けど……どこへ？」

タクホの問いに、ケンザキが指さす。

一軒の家の裏手、森へと続く小道に複数の人間の足跡が重なって残されていた。

はたして、村人たちはそこから少し離れた洞窟に隠れていた。

赤ん坊から年寄りまで、三十人ほどが薄暗いなかで身を寄せあっていた。

着の身着のままだったとはいえ、多少の食料と水は持ちこむことができたらしく、健康を害しているものは今のところいないようだった。

「三日前、浜で遊んでいた子どもが三人、あの怪物どもにさらわれた……」

船長や機関長と顔見知りの初老の村長が事情を説明した。

その数日前から空を飛ぶ怪物や海を泳ぐ怪物の群れが目撃されていて、一人で出歩かないよう申し合わせをした矢先のことだった。

子どもたちの姿が見えないと捜していた両親の目の前で、空から急降下してきた怪物に子どもたちがつかみ上げられ、あっと言う間に消えてしまったのだという。

「いったい、あれはなんなんだ？」

「アンデッドです」

コジロウが村長に答え、船長と機関長があとを続けた。

「方舟も襲われました」

「十人以上の仲間が殺されました……」

蒼白の顔を見合わせた村人たちのなかから、悲痛な声があがった。

「それじゃ……あの子たちはもう殺されたのか？」

「嘘よ！」

さらわれた子どもたちの両親に違いなかった。トウゴは目をそらした。

だれもが返す言葉を失くしていた。だれもがアンデッドの残虐さを思いだしていた。

「いや……そうともかぎらない」

ケンザキがボソリともらした。


一人ケンザキが火口を目指して登っていくのが見えた。

距離をとって、トウゴとタクホとリキヤ、そしてコジロウがあとを追っていた。

トウゴたちの行動をレンは止めようとしたが、ダイとメイを置いてついていくわけにもいかず、タクホに言われたとおり洞窟に残った。今ごろ、船長と機関長にトウゴたちの行方について問いつめられているはずだ。

　ごめん、レン。

　トウゴは黙々と斜面を登っていくケンザキのうしろ姿を見つめた。

「あのときも……ダイとメイをさらったアンデッドはすぐには二人を殺そうとしなかった。もしかしたらこの島のどこかに連れてこようとしていたのかもしれない」

　ケンザキがもらした言葉に、トウゴたちは方舟でのことを思い返していた。

　たしかにそのとおりだった。

　だからあのとき、ブレイドはジャックフォームとなって飛び立ち、まだ上空にいたアンデッドを倒して二人を助けることができたのだった。

「ひょっとして……アンデッドの巣があるのかも！」

　コジロウが叫び、ケンザキが噴煙たなびく火口を見上げた。

「ああ、たぶん、あそこだ」

「何か思いだしたの？」

　トウゴの問いに、ケンザキは首を振った。

「いや……やつらのなかに空から来るアンデッドがいるなら、わざわざ低地に巣をつくる可能性は少ない。そう考えただけだ」

「俺のモノガタリにも、それは書かれてないしな……って、ほんとうに俺のなのかな？」

コジロウがぶつぶつもらしている。

「とにかく、そこをぶっつぶせばあいつらを全滅できるってことだよな」

タクホが火口をにらみつけ、それをきいたリキヤが吠えた。

「やってやろうじゃねえーか！」

トウゴも拳を握りしめた。

デッキでみんなで協力して火を消したりしたことがよみがえっていた。

「バカ言うな！」

「冗談じゃない！」

船長と機関長があわてて制した。

「この島は危険すぎる。船を降りる話も撤回する。なんなら、村の連中も方舟に乗せてすぐにでも離れたほうがいい」

「そのとおりだ。さらわれた子どもがまだ生きているっていうたしかな証拠だってあるわけじゃないし……」

さすがに村人たちを気にして声を落としていた。

「そんなこと、行ってみなくちゃわからないじゃ……」

タクホが口をとがらせるのにかぶせてケンザキが言った。

「だったら、三時間だけ待ってくれ」

一人で火口まで子どもたちを捜しにいくと申し出たのである。

三日間村人たちが隠れていられたここなら安全だ。だから、ここで待っていてくれと。

思わずトウゴはケンザキの腕をつかんだ。

「記憶、取り戻せてないいんでしょ？　それでも……」どうしてあいつらと戦わなくちゃならないのか、思いだせてないいんでしょ？

それでも行く。戦う。その顔はそう言っていたけれど、ケンザキは無言だった。無言で火口へ、アンデッドの巣へと足を向けたのだった。

硫黄の匂いが強くなり、気温が急激に上昇した。

地鳴りのような音とともに地面が細かく震えているのがわかる。

「まさか……噴火とかしないよな？」

リキヤがおそるおそる足元を見る。

ふいに、海風にあおられて散った噴煙が山肌を這《は》い降りて襲いかかってきた。

「伏せろ！」

タクホの声にトウゴたちはあわてて斜面に腹ばいになって目と口を覆う。

それでも少量の煙を吸いこんで咳きこみ、むせ、涙を流した。もっと大量に吸いこんでいたら、肺が黒焦げに焼けただれていただろう。

噴煙が別方向に流れて視界がよみがえると、そこにケンザキが立っていた。

「おまえたち……何しにきた？」

トウゴたちは跳ねるように立ちあがった。

「ケンザキといっしょに子どもたちを助けて、怪物どもと戦う。来るな、戻れと言われても、お断りだ。俺たちも戦う！」

タクホが宣言し、トウゴとリキヤもうなずいた。

コジロウがあとを続ける。

「俺は……あんたをとことん見届けたいんだ、ケンザキ。新しいモノガタリのために。書くな、迷惑だと言われても、お断りだ。俺は書く！」

「……勝手にしろ」

ケンザキが肩をすくめた。

怒るというよりあきれ果てたというしぐさに、トウゴたちは顔を見合わせて笑った。

そのとき、気圧がねじ切れるように変化した。

刺すような痛みにトウゴたちは耳を塞ぎ、襲撃の予感に身構えた。

一瞬後、アンデッドの群れが出現した。

空から来るアンデッドたちは、明らかに火口付近から飛び立っているのがわかった。やはり、ケンザキの読みは当たったのだ。

とたん、アンデッドたちが口から炎を吐いた。

「わあ！」

間一髪転がって避けたトウゴたちのすぐ横の岩肌を、舌なめずりするように伸びた炎が熱風とともに焼き払う。

「こいつらは俺にまかせろ！　おまえたちは子どもを捜せ！」

ケンザキの腰にベルトが装着されるのを見て、トウゴたちはダッシュした。尾根伝いに反対方向へと走る。

「変身！」

鋭い声に振り返ると、ケンザキがブレイドとなって戦いを開始したところだった。

「急げ、トウゴ！」

タクホにせかされ、トウゴはスピードを上げた。

尾根伝いに斜めにひたすら火口を目指して登った。

「ちょっと待ってくれ……ひと休みさせてくれ……」

コジロウが音を上げるのもかまわず、トウゴたちは走りに走った。

さすがに息が荒くなりはじめたとき、前方に大きく張り出した岩棚《いわだな》が見えた。

「見ろ！　巣だ！」

タクホが叫び、トウゴたちはその場に突っ伏して近くの岩陰まで這った。

岩棚からはみだした甲殻類のような不気味なアンデッドの手足が見えた。すくなくとも三体は残っているようだ。

さらにそのとき、子どもがすすり泣くような小さな声がたしかにきこえた。

「いた！」

思わず声をあげたリキヤの口を、トウゴとタクホが塞いだ。

岩棚の手足が引っこんで、代わりに三体のアンデッドの顔が逆さに現れた。にごった目がギョロリと見回すように動く。

息を殺してトウゴたちは岩陰に伏せ、手真似で作戦を確認しあった。足を伸ばして力を合わせ、サッカーボール大の岩のかたまりを一気に蹴りだした。

ガラガラと派手な音を立てて岩のかたまりが転がり、すぐに三体のアンデッドが反応して岩棚を飛び立った。岩のかたまりを追って降下していく。

「バァカ！」

リキヤが中指を立て、タクホが岩棚を見上げた。

「行くぞ！」

岩壁をよじ登ってトウゴたちはアンデッドの巣へと入りこむ。

思わず息を飲んで立ちすくんだ。

人々も、貧しいこと、虐げられていることが逆に誇りでもあるかのように、あけすけに思ったままに生きることが人間らしいと考えているようだった。

だが、あるときふいにサツキはそれが苦しくなった。

そんなものは、劣等感の裏返しのただの居直りにすぎないと感じるようになった。

少年らしい義憤と潔癖、プライドだったと今では思うが、人々の屈折はほんとうのことだと今でも思う。

俺はこんなところでは終わらない。絶対にこんなところは出ていく。

見上げなくてもつねに頭上にのしかかっているあの空中庭園。俺もいつかあそこの住人になる。成り上がってやる。そう誓って、十代が終わろうとする夏、穴を出た。

アズミにも内緒で、一人で天蓋都市へと足を踏み入れた。

だが、それで何が変わるわけでもなかった。

サツキは野良犬のように天蓋都市の裏道を歩き回った。表通りは明るくて清潔すぎて野良犬の居場所はなかった。

裏道はせまく小さかった。当然のように不審人物として通報されて追い立てられ、あげくに捕獲された。

穴を出て三日と経っていなかった。

殺処分を待つケージのなかの野良犬を、視察にきた提督が見初めた。拾ってそれなりにグルーミングを施し、しもべとした。

野良犬がなによりそれを望み、請い、自らしもべとして今まで生きてきた。

それがサツキだった。

サツキは今、あの夢のことを思っている。

たしかに、穴のなかで育った自分の境遇を象徴しているような気もした。

だが、あんな四角く冷たいステンレスの匂いは知らない。やはり、あれは俺の夢じゃない。サツキはそれを今こそ確かめたいと思っていた。

久しぶりに訪れた穴は、相変わらずだった。

サツキは人目を避け、私服で歩いたが、すぐにおばちゃんたちに見破られて次々に声をかけられた。

「サツキちゃん、元気だったかい？」

「アズミはいっしょじゃないのかい？」

ブランクなどなかったかのように表面的にはにこやかだったが、サツキが望郷の念などで帰ってきたわけがないと考えているのは明らかだった。

サツキが今どんな立場にいるか、ここで知らない者はいないのだ。

おばちゃんたちに適当な挨拶を返しながら、サツキはかつて住んでいた最下層のエリアに向かっていた。

硫黄の匂いが強くなる。子どものころからなじんだ匂いだった。一瞬、気持ちがゆるんだ。

気づいたときには、若者たちの銃口に囲まれていた。

「アズミはどこだ？　どこへやった？」

若者の一人が吠《ほ》えて、銃口を押しつけてくる。その言葉で、アズミの仲間の反提督派の連中だと知れた。七、八人はいる。

「撃てるのか？　人間を撃ったことがあるのか？」

ひるむのを捕らえて身を翻し、若者の腕を逆にとって拳銃を奪い、突きつけた。

「どけ！　こいつの頭がなくなるぞ！」

若者たちが息を飲み、道を開けた。

そこに、古びたショットガンを構えたおばちゃんたちが立っていた。

「あんたこそ撃ったことあるの、サツキちゃん？」

「おばちゃん……」

「あたしたちにとって、あんたもその子もかわいいよ。でも、アズミはあたしたちの大事なリーダーだ。アズミを助けるためなら、だれだって殺すよ」

ポンプアクションのスライドをなれた手つきでバックさせる。

「ひっ」

盾にした若者が悲鳴をもらし、サツキは舌打ちして銃口を下ろした。

「さあ、アズミはどこ？　答えなさい、サツキちゃん！」

とたん、銃声が穴のなかに轟《とどろ》いた。

悲鳴と怒号がそれに続いた。

「ガーディアンだ！」

穴の内壁に何本ものロープがたらされ、完全武装のガーディアンたちが急降下しながら各階に銃撃を浴びせているのが見えた。

「あんたって子は……」

「どこまで腐っちまったの！」

「知らない……俺はこんな命令は出してない！」

サツキが叫ぶのとおばちゃんたちが被弾して吹っ飛ばされるのが同時だった。

「おばちゃん！」

間を置かず、アズミの仲間の若者たちがなぎ倒される。

直後、ロープから手を離したガーディアンたちが飛びこんできて、サツキに敬礼した。

「おまえら……だれの命令でこんな……」

思わず激高してつめ寄った。

「提督の命令です」

一人が遮《さえぎ》るようにして答えた。

「提督の？　いったい、なんのつもりで……」

「反提督派の殲滅《せんめつ》です」

「バカな……こんなやり方でうまくいくと本気で思ってるのか？　ここの連中を甘く見すぎてるぞ！　すぐに中止しろ！」

通路に踏みだそうとしたサツキに、四方からガーディアンたちの銃口が向けられた。

「申し上げたはずです。これは提督の命令です」

その間にも、銃声と爆発音、悲鳴と怒号が続いていた。


「しょせん、穴の生まれだからね、サツキも」

ハジメを覗《のぞ》きこむようにして提督が笑った。ガラスのむこうではなく、白衣とマスク姿でベッドの傍らに立っていた。

「いつまでもしもべのままいるはずもない。最近、何かに気をとられているようだという報告も受けていた。使えるのは、君を確保するまでだろうと思っていたよ」

ハジメの答えを期待して話しているわけではなさそうだった。

「それより、君のことだ。どうやら君は人間ではないらしい。アンデッドとやらいう怪物と戦うために君自身異形《いぎょう》の者に姿を変えたという報告も受けている。では、それはなんだ？　君の口からそれをきくことはできないんだろうね」

ハジメは答えなかった。答えてもよかったが、理解などできるはずもないだろうし、理解されたところで何がどうなるわけでもなかった。

提督は笑った。先刻よりも酷薄《こくはく》な笑いだった。

「予告して楽しむ趣味などないが、お別れはお別れだからね。さよならを言わせてもらうよ。君が眠りに落ちたら、君の頭とからだを具体的に調べる。わたしもこの目で見させてもらうつもりだよ」

半分もききとれなかった。

途中からまぶたが重くなり、弛緩《しかん》の波が押し寄せてくる。腕に固定された針から麻酔薬が注入されたらしかった。提督の顔も白い部屋も灰色から黒へと覆《おお》われていく。あらがう意志も気力もなかった。もう目覚めたくない、このまま永遠に眠らせてくれとハジメは願った。

どれだけ経っただろう。

夜か昼かもわからなかった。わからないと意識している自分に気づき、ハジメは麻酔が切れかけているらしいと知った。

生きている。

切り刻まれもしていないいし、標本にもされていない。

手足は相変わらず動かない。革のベルトでベッドに拘束されたままになっている。

ハジメにつながれた電子機器も静かに作動し続けていたが、提督やスタッフたちの姿はどこにも見えない。

ふいに聴覚がよみがえり、サイレンが鳴っていることに気づいた。

乱れた足音と怒鳴り声が交錯している。

「暴動だ！」

「穴で暴動だ！」

「暴徒が街に……」

☆

タチハラはギャレンとなった自分をもてあましていた。

その力は、夢で見ていたとおり、いやそれ以上だった。

速さも破壊力も尋常ではない。無造作に右手を出せば右方向のアンデッドが吹っ飛び、左手を出せば左方向のアンデッドがなぎ倒された。

そもそもなぜ、俺はこんな力を手に入れることができたのか。

そしてその力の源であるベルトとカードはなぜ百年前この城に現れたのか。

何ひとつわからなかった。

頭のなかのあの声は変わらず「戦え、ギャレン！」とくり返すだけで、肝心なことは何も教えてくれなかった。

「危ない、タチハラくん！」

サエコの声で我に返ったギャレンは、天窓を破って襲いかかってきたアンデッドを寸前でかわして蹴りを返した。

アンデッドはからだを二つに折って天井まで吹っ飛び、シャンデリアごと落下してきて息絶え、消失した。

「……またか！」

夢と違う点がひとつあった。倒したアンデッドを、カードで封印《ふういん》できないのだ。

それがまた夢と現実の境界線をあいまいにしている。

Uターンして戻ってきたカードを手に、ギャレンは茫然《ぼうぜん》と立ちつくしていた。

「大丈夫、タチハラくん？」

物陰のサエコが怪訝《けげん》そうに見ている。

「隠れてろ！」

答えざま、暖炉から飛びだしてきた新たなアンデッドを迎え撃つ。

さらに別のアンデッドが破れた天窓から飛びこんできた。

「クソ！　きりがない！」

アンデッドたちは、あらゆるところから際限なく入りこんできていた。その数はゆうに五十体を越えている。一体ずつ倒していてはとうてい埒《らち》があかなかった。

「下へ降りるしかないわ。ロープウェーに戻りましょう！」

サエコが声をあげ、物陰から走りでた。

「待て！」

半分壊された扉のむこうは、アンデッドでいっぱいのはずだった。

「いえ。たぶん、このあたりに……」

一方の壁をサエコがコッコッと叩《たた》いて反響音をきいている。

「ここ……間違いないわ。手伝って、タチハラくん！」

指さしたのは、天井近くまである大型のクローゼットだった。

それをギャレンがずらすと、背後の壁に真っ黒な穴が出現した。闇の底へと石段が伸びており、暗渠《あんきょ》特有の湿った匂いが吹き上がってくる。

「玉座《ぎょくざ》のある部屋には、万が一のときの脱出口がつくられてる場合があるのよ。どこに出るかわからないけど、ここよりましでしょ」

サエコがいたずらっぽく笑って暗渠へと入った。

そのあとに続いたギャレンは、内側からクローゼットをずらして塞ぎ、侵入を続けるアンデッドたちの追跡を阻《はば》んだ。


完全な闇だった。

ギャレンの変身を解き、タチハラは本来の自分に戻った。

そのタチハラの手を、サエコの手が伸びてきて探り、握りしめた。タチハラも無言で握り返す。表情はわからないが、ほっとサエコが息をつくのが感じられた。

一段一段確かめるように石段を降りた。

ところどころ崩れて石段が消えているのを足先で感じとり、転落の恐怖にタチハラたちはからだを寄せあった。

凍えていたサエコの手が、少しずつぬくもりを取り戻している。

「わたし……もう一度島を出るわ。やり直してみる。ここではない、どこかで」

ポツリともらされたサエコの言葉に、タチハラもうなずいた。

「俺も……何をやり直すかわからないけど。ここではない、どこかで。また海賊でもやるか。今なら無敵だぜ」

サエコが吹きだし、タチハラも笑った。

何もわからず、何も解決していなかったが、すくなくともこうやって手をとりあえる存在があった。それがうれしかった。

永遠に続くかと思われた石段を降りきると、下水道のような通路に出た。それで、実際に下ったのが四階分ほどだったと知れた。

暗闇が灰色を帯びてきている。どこかに光があるのだ。

「たぶん、こっち……ロープウェーの乗り場近くに下水溝があったはずよ！」

水の流れを追ってタチハラたちは足早になった。

そのとき、はるか頭上でアンデッドの雄たけびが響いた。クローゼットを破壊し、暗渠に入りこんできたに違いなかった。すぐになだれのように雄たけびが降ってくる。石段を駆け降りているのだ。

サエコが悲鳴をあげ、タチハラが叫んだ。

「振り向くな！」

手をつないだままタチハラたちは走った。

走りに走った。

ふいに前方に三つの月が現れた。

「見て！」

「出口だ！」

スピードを上げたお互いの姿が、月光に浮かび上がってくる。

同時に、いったん消えていたアンデッドの雄たけびが再びきこえた。

石段から下水道へと降り立ったに違いない。三、四体はいるだろう。激しく下水を乱す足音がきこえ、大きくなってくる。

「追いつかれるわ！」

「大丈夫だ。先に行け！」

サエコの手を離して振り向いたタチハラは、再びギャレンに変身すべく身構えた。

「いや！」

一度離したら二度とつなげない。サエコの目が必死に叫んでいた。

タチハラはうなずき、再びサエコの手を握りしめて走った。

出口には鉄格子がはまっていたが、なんとか通り抜けることができた。アンデッドの力なら破壊するのはたやすいだろうが、多少の時間稼ぎにはなりそうだ。

そこから三十メートルほど下ると、見覚えのあるロープウェー乗り場だった。

「ない……ないわ！」

サエコが愕然《がくぜん》と叫んだ。

タチハラたちが乗ってきたロープウェーのゴンドラが消えているのだ。

「下に降ろした覚えはないわ。どういうこと？」

考えている時間はなかった。

「とにかく上げよう」

タチハラはサエコを促し、乗り場の壁の制御盤に向かった。

「これよ」

サエコが指さすレバーを、タチハラが操作する。

モーターが作動し、古びた滑車が軋《きし》み音を上げてケーブルを巻きとりはじめる。そのスピードはあまりに遅い。

「早く……早く！」

握りしめたサエコの手が汗ばんでいる。タチハラも叫びだしたくなる衝動を懸命に押し殺して待った。

三つの月に雲が流れる。

ふいに、鬱蒼《うっそう》と茂る森のなかからゴンドラが現れた。

「来たわ！」

「行こう！」

乗り場の先端に走り、到着を待ち受ける。

ガクンと大きく揺れながら、ゴンドラが停まった。

開けようとしたドアが、そのとき内側から開いた。続いて現れた銃口に、タチハラとサエコはのけぞるようにあとずさった。

「よお、タチハラ。ありゃ、先生もいっしょってか。仲のいいこって。うらやましいぜ」

下卑た笑顔を見せたのは、三人の巨漢を従えた小男だった。

あのスミオの弟分で、たしかキダとかいった。

「兄貴からきいてたぜ、タチハラ。海賊のお宝があるんだってな。死んだ兄貴の取り分、俺がもらって当然だよな」

「そんなもの、ほしけりゃくれてやる。だが、今はそんなこと言ってる場合じゃ……」

「話をそらすなって。俺は兄貴みたいにごまかされやしないぜ」

「怪物がすぐそこまで来てるのよ。みんな殺されるわ！」

「黙っててくれないかな、先生。俺は今タチハラと話してるんだ」

あごで促された巨漢の一人が、片手でサエコの首をつかみ上げた。酸素を絶たれたサエコの顔がみるみる青ざめる。

「やめろ！　やめさせろ！」

「だったら、お宝の隠し場所を言え！　どうせどっかの島か何かだろうが！　どこの島だ？　言え！」

銃口がタチハラのみぞおちに食いこんだ。

☆

方舟《はこぶね》が沖へとゆっくり後退を続けていた。

まもなく方向転換して正常航行に移るはずだと船長と機関長が教えてくれた。

そうなったら、もちろんこんなボートで追いつくことはできない。

「どうなってるんだよ、いったい？　なんで俺たちをおいてくんだよ！」

リキヤの叫びはトウゴやみんなの思いだった。

タクホとレンが今にも泣きだしそうなダイとメイを抱き寄せ、コジロウや同乗させた島の住民たちが不安げに身を寄せあっている。

そのときだった。船長と機関長の携帯端末が続けてコールした。

「メールだ！」

「こっちにも！」

それぞれ方舟の操舵室《そうだしつ》と機関室にいるはずの部下からだという。

メールを読む二人を、トウゴたちはじりじりと見守った。

「やっぱりか！」

「そんなことだろうと思った！」

船長と機関長が怒りの声をあげ、内容を説明した。

「方舟が乗っ取られた！」

「客室エリアのしわざだ！」

トウゴたちが方舟を降りて三十分後、前もって示しあわせていたらしい客室エリアの男たち数十人が武装して操舵室と機関室を占拠、残っていた人間たちを軟禁したうえで、出航を命じたのだという。そんな状況のなか、銃を向けられながらもすきを見てメールをしてきたということらしい。

「金持ちやろうどもが！」

リキヤが吐きだし、トウゴたちは少しずつ遠ざかっていく方舟を茫然と見やった。

「それで、どうするんだよ？」

タクホの質問に、船長と機関長がうなずきあった。

「方向を変えるときに速度を規定以下に落とさせる」

「そのすきに乗りこむ」

さすがに驚いてトウゴたちは顔を見合わせた。

「そんなことできるの？」

「できるできないじゃない。やる。あれは、俺たちの船だ！」

「ああ。俺たちの船で勝手はさせない！」

これまでに見たことがない船長と機関長の顔だった。船乗りの意地。たぶんそういうことだろうとトウゴは思った。

すぐに今の作戦をそれぞれメールで送りはじめる。

そのとき、ダイとメイの顔が輝き、うれしそうな声をあげた。

「ケンザキ！」

「ケンザキ！」

もつれあうようにして桟橋に現れたブレイドとマザーアンデッドが、空中で地上で上になり下になりして死闘をくり広げているのが見えた。

「ケンザキ！」

「ブレイド！」

タクホとレンも叫び、トウゴとコジロウも大きく手を振った。

その間に、方舟から返信が届いた。

「三分後に減速する！」

「急げ！」

船長と機関長の指示で、ボートを漕《こ》ぐスピードが上がった。

「ブレイド！　早く！」

「ケンザキ！」

「急いで！」

声の限り叫んだトウゴたちを見て、ブレイドが手を振った。

「早く行け！　俺にかまうな！」

明らかにそう言っているようだった。

我が子を殺された母の怒りか、マザーアンデッドは執拗《しつよう》だった。ブレイドの攻撃を受けてよろめいてものけぞっても、何度でも体勢を立て直して反撃してくる。

「ブレイド！」

「ケンザキ！」

再度トウゴたちは叫んだが、ブレイドはもう答えなかった。マザーアンデッドとの戦いに全力を注いでいる。

「今だ！」

「行くぞ！」

船長と機関長が叫んだ。

方舟が減速し、方向転換をはじめたのだ。

押し寄せてくる波を越えて、ボートが一気に方舟に近づく。

右舷後部に、ボートを降ろしたときのウインチがそのままになっているのが見えた。ワイヤーの先のフックが船体にぶつかって大きな金属音を立てている。

デッキから船長と機関長の部下の顔が覗き、背後を警戒しつつ手真似で何かを伝えようとしている。

どうやら、フックをボートに固定してくれれば巻き上げるということらしい。

「ボートを寄せろ！」

「フックをつかめ！」

方向転換中の大型船にこんな小さなボートを近づけるなど狂気の沙汰に思えた。下手すれば、弾き飛ばされるか、その下にのみこまれるか、いずれ粉々にされかねない。

「マジかよ！」

リキヤが叫んだ直後、ボートはすさまじい音を立てて方舟にぶつかった。

一瞬、トウゴは死を覚悟したが、ボートは逆に船体の一部になったかのようにぴたりとくっついて方舟ともども方向転換をはじめていた。

「すげえ！」

「やった！」

トウゴたちは歓声をあげ、船長と機関長がその機を逃さずフックをつかんで手早くボートに固定した。

間をおかずウインチが巻かれて、ボートが浮上しはじめる。

三分後にはデッキに降り立っていた。

そのあとの行動はすでに打ち合わせ済みだった。

タクホが船長とその部下たちを、トウゴとリキヤが機関長たちを案内して、ダクトのなかをそれぞれのエリアに向かおうというのだ。

そして、そこを占拠している客室エリアのやつらのふいをついて主導権を奪い返そうという計画だった。

レンはダイとメイやコジロウ、村人たちといっしょに物陰に隠れて待つことになった。

作戦が開始された。

トウゴたちは勝手知ったる動きでダクトに入り、大人たちを先導した。

ドブネズミ団の再結成だ。

途中で、操舵エリアに向かうタクホや船長たちと別れ、トウゴとリキヤたちは枝分かれしたダクトに入って機関エリアを目指した。

トウゴたちにとっては大した距離ではなかったけれど、機関長たち大人には少々きつい道のりのようだった。汗だくのからだから湯気が上がり、ダクト内をさらに湿らせる。

「おい、まだか？」

「もう少しです」

トウゴは答え、リキヤが笑いをこらえる。

「だらしねえな、これくらいで……」

機関長たちがにらみつけてきたが、怒鳴りつけてくる気力はないようだった。

いつも使っている破れ目からダクトを出て、機関エリアに降り立った。

機関長たちが荒い息をついてからだを伸ばしたりしている間に、トウゴとリキヤはまっすぐ機関室に向かって走った。

「ちょっと待て！」

「なんだか様子がおかしい」

それはトウゴたちも感じていた。

見張りが一人もいないし、規則正しく響く機械音のほかには話し声ひとつきこえなかったからだ。

トウゴとリキヤは機関室のドアにはりついてむこう側を窺《うかが》ったが、大きくなった機械音のためにもうひとつ様子がわからない。

リキヤがドアノブに伸ばした手を、追いついてきた機関長たちが制し、用心深く身構えながら開けた。

「うわ！」

すさまじい臭気に思わずあとずさった。

「見るな！」

「下がってろ！」

とっさに機関長たちが前に立って視界を塞いだが、遅かった。

トウゴもリキヤもはっきりと見てしまっていた。

無造作に積まれた死体の山を。

機関長の部下たちのほか、ついこのあいだデッキに現れてケンザキの救助に反対したあの客室エリアの代表たちの顔もあった。

リキヤが低くうめいて嘔吐《おうと》した。

その背中をさすりながら、トウゴは疑惑をふくらませた。

では、方舟を乗っ取ったという客室エリアの人間たちはだれなのか。

「どうなってるんだ、いったい……？」

同じことを思ったのか、ドアを閉めた機関長が携帯端末で船長にメールした。

三分待ったが、返信はなかった。

しびれを切らし、迷った末に直接電話する。

すぐに相手が出たらしく、機関長は声をひそめた。

「今、どこだ、船長？　そっちにだれがいる？」

部下たちにならい、トウゴもリキヤを介抱しながら耳を澄ましてふと思いだした。

化身体アンデッド。

コジロウが書いたモノガタリに登場する人間に化けられるアンデッドのことだ。

もしかしたら、そいつらが。

とたん、携帯端末から悲鳴がもれるのがきこえた。

「どうした、船長？　船長！」

そのまま通話は切れたらしい。

「タクホは……タクホはどうした？　タクホに何かあったら……レンが泣く！」

口元を乱暴に拭ってリキヤが立ちあがった。

「行こう！」

トウゴもうなずき、二人でダクトに向かって走りだした。

「待て！　落ちつけ！　危険だ！」

機関長が叫んだが、無視してダクトに入りこんだ。

あわてて機関長たちが追ってくるのがわかった。

長い長い道のりだった。

トウゴはリキヤといっしょに汗だくで這って這って這い続けた。

膝がすりむけて血が滲んだが、痛みなど感じなかった。

操舵エリアが近づいてきてさすがにスピードをゆるめたが、機関長たちはまだずっとうしろにいるようで姿が見えない。

そのまま音を立てないように進み、いつもの破れ目から外に出た。

そこは、操舵室につながるせまい通路で、右側にトウゴたちがかつて獲物をいただいていた船室が並んでいる。

機関長たちを待とうか一瞬迷ったが、リキヤが壁の消火器を外して抱えるのを見てトウゴも火消し用の鉤爪《かぎづめ》のついた棒を握りしめた。

デッキでアンデッドと戦った記憶がよみがえり、トウゴたちの意気が上がった。

「行くぞ！」

「ＯＫ！」

通路を進み、三つ目の角で立ち止まった。

そっと覗くと、操舵室へのドアの前に見張りが一人いた。

思いだすのもいやだったが、そいつは機関室で死んでいた客室エリアの代表の一人と同じ顔と姿をしていた。

アンデッドに違いない。

船室のひとつのドアを半開きにして、トウゴたちはそのひとつ隣の船室に入った。

ドアのすきまから火消し棒を伸ばして半開きのドアを叩く。

その音に反応したらしい見張りの足音が近づいてくる。

トウゴたちの船室を通過して、隣で止まる。

ドアのすきまから覗くと、見張りが怪訝そうな顔を船室に突っこんでいるところだった。

　そこからのトウゴたちの行動は早かった。

　ホップステップで飛びだしたリキヤがジャンプ、消火器を見張りの後頭部に叩きつけ、昏倒《こんとう》しようとするところをトウゴが飛び蹴りで室内に吹っ飛ばし、ドアを閉めた。

　とって返して操舵室へと突進、二人してドアに体当たりして室内に飛びこむや、リキヤが消火器のコックを外して消火剤を噴射、トウゴはめちゃくちゃに火消し棒を振り回す。

「死ね、アンデッドめ！」

「タクホ、どこだ？　タクホ？」

　消火剤が充満するなか、立っていた客室エリアの男たちの顔が硬化してひび割れ、みるみるうちにアンデッドに変貌した。

　その足元でからだを寄せあっていた船長やその部下たち、そしてタクホが茫然とそれを見上げている。

「アンデッドだったのか！」

「おかしいと思ったんだ！」

　よかった。みんな無事だった。

「タクホ！　船長！」

「デッキへ！　早く！」

リキヤはアンデッドの目を狙って消火剤を吹きつけ、トウゴは盲《めし》いてよろめいたアンデッドのすねのあたりに火消し棒を叩きつけていた。

「リキヤ！　トウゴ！」

「おまえら！」

タクホと船長が驚きの声をあげながらデッキへの出口に走り、トウゴたちも続いた。

そのとき、並んだ操舵輪のむこう、船首を望む大窓を粉々に破って、マザーアンデッドが飛びこんできた。

すさまじい波動にトウゴたちは吹っ飛ばされ、壁に叩きつけられる。

「まさか……やられたの、ブレイド？　ケンザキ！」

「嘘だろ！」

トウゴとリキヤが叫んだ。

第六章　叛乱Ⅱ

「ハジメさん……ハジメさん！」
アマネが呼んでいた。霧のなかで手を振っていた。
待ってくれ、アマネちゃん。俺も行く。
ダメよ、きちゃ。きちゃダメ、ハジメさん。
どうしてだ、アマネちゃん。俺も行く。
だが、アマネは消えていく。霧に包まれて消えていく。
待ってくれ、アマネちゃん。
どこへ行くんだ、アマネちゃん。
待ってくれ。待ってくれ。
「ハジメ……ハジメ！」
腕をつかまれて目を覚ますと、さっきのサイレンがまだ鳴っていた。
麻酔の効力が残っていたらしく再び眠ってしまったらしい。

アズミの顔が目の前にある。背後に、彼女の仲間たちの姿もあった。

「待ってて。今、これ切るから」

仲間たちが大型のカッターでハジメを拘束している分厚い革のベルトを切断した。

締めつけられていた手足に血が通うのがわかった。

「大丈夫？　起きられる？」

「ああ、たぶん……」

半身を起こし、ベッドから足を降ろしたところで膝が砕けた。

とっさに抱きとめたアズミがいっしょによろめくのを、危うく仲間たちが支えた。

「すまない……まだ目が覚めないんだ」

「大丈夫。すぐに連れだしたげるから、こんなとこから」

武装した仲間たちに守られながら、ハジメはアズミの肩を借りて部屋を出た。

通路には、屋内外からの銃声や罵声が交錯して響きわたっている。

想像はついていたが、窓の眺めからここがあの空中庭園のなかだと知れた。

「……蜂起《ほうき》、したんだな」

「計画よりだいぶ早かったけどね」

アズミの息づかいを間近に感じた。

「彼は……サツキはどうした？」

「計画が早まったのは、サツキのせいだよ。なんでか知らないけど、隊長のくせしてガーディアンに拘束されたんだって。ほんと、ダ・サツキ。で、思わずそのガーディアンを返り討ちにした。おばちゃんたちの仇討ちだったって、あたしは思ってるけどね……」

アズミの目がふっと潤んだ。

彼女たちが殺されたのか。ハジメは人懐こい笑顔とうらはらの鋭い目を思いだした。

「あげく、みんなを巻きこんで蜂起ってことになっちゃったらしいわ。三十分後には、サツキの情報でここへ突入して、あたしを助けだしてくれた。あいつがこっち側についてくれなかったら、とても不可能だったのはたしか」

「……提督《ていとく》は？」

「今、みんなで捜してる。たぶん、最上階の執務室だと思うんだけど、そこまでのガードが固くて手まどりそうだって……いっしょに行く？　ていうか来てくれる？」

「ああ」

考える前に答えた。なぜか、見届けたいとハジメは思っていた。蜂起の行く末か天蓋都《てんがいと》市《し》のそれかは自分でもわからなかったが。

「よかった！」

アズミの声が弾んだ。

どうしてこんなことになったのか。

最上階を目指す連中からそれとなく離れ、サツキは私室に戻って自問していた。

あのとき、部下に銃口を突きつけられて、とっさに反撃した。隠し持っていた拳銃で部下を撃っていた。おばちゃんたちを殺されて激高はしたが、そんな予感があったわけではもちろんなかった。

結果は、提督への文字どおり裏切り行為だった。

「言わせておけ。おまえを弟のように思っているのは事実だし、それのどこが悪い?」

サツキは提督に拾われ、ガーディアンの隊長に抜擢《ばってき》されるまでの日々を思った。

「先代がわたしを拾い、育ててくれた。同じことをしていると言ったら、怒るかな?」

「では、おまえもわたしを兄だと思ってくれ」

野良犬から飼い犬へ。優秀な猟犬として期待され、応える喜び。兄と慕い、それ以上の感情もたしかにあったはずなのだが、しょせん犬は犬ということか。

サツキはあの悪夢を思いだす。

暗く冷たかったステンレスの匂いはいつの間にかあまやかなそれに変わり、窒息の恐怖は母親の胎内のような安堵感《あんどかん》に変わっていた。

あの夢に抱かれたい。たとえ他人の夢だろうと。サツキは思った。

そのとき、携帯端末がメールを受信した。

ひとこと、「HELP」とあった。提督からだった。

何をどうしようと思ったわけではないが、サツキは手早く拳銃に補弾してホルスターに戻した。

ドアに向かい、習慣で鏡を見ようとして思わず目をそむける。裏切り者の顔など見たくはなかった。

エレベーターで最上階に出ると、銃声がきこえた。

提督執務室を守るガーディアンと反提督派が銃撃戦を展開している。

ラボから合流したらしいアズミとアイカワハジメのうしろ姿も見えた。

ぴったりと寄り添った二人を見て、サツキは何か自分のなかで動くものがあるかと思ったが、何も感じなかった。

だれもまだこちらには気づいていない。

忍び足でその場を離れたサツキは、いつも持ち歩いているマスターキーを使って非常階段に出る鉄扉を開けた。

あのエレベーターは最上階まで直通なので、ひとつ下の階に出るには一階から別のエレベーターで再度上がってくるか、このルートしかない。

一階下に降りたサツキは、並んだ会議室のひとつに入った。

ベランダに出て手すりによじ登ると、かろうじて上の階の張り出しに手が届いた。

三百六十度のパノラマを誇る提督執務室の窓枠だった。その南側の一部分だけ、はめ殺しにはなっていない。そこから執務室に入ることができるし、脱出もできる。


つくりものの街、天蓋都市ゆえに、風が吹かないのが幸いだった。

下を見ないようにしながらサツキは窓枠をつかみ、一気にからだを引き上げて室内を覗《のぞ》きこむと、すぐそこに提督がいた。

サツキが来るとしたらここからだと察していたのだろう、すぐに窓を開ける。

「待っていたよ、サツキ」

「おケガはありませんか?」

室内へと入りながら、サツキは恐怖も焦燥も感じていないような提督の顔を見つめた。それでも、前髪から覗く腫瘍がほんの少し紅潮している。

「ありがとう。わたしなら大丈夫だよ。しかし……そこからは降りられないな。なんとかあの連中を駆逐できないだろうか?」

ドアのむこうからは断続的に銃声がきこえている。

駆逐できないからこんなところから入ってきたのだと言っても、この人には理解できないだろうと思った。

思いながら、サツキは自分の気持ちに驚いていた。

ついこのあいだまで、この人のためならなんでもすると誓っていたはずなのに。いったい、俺はどうしてしまったのか。俺が変わったのか、この人が変わったのか、それとも変わったのはほかの何かなのか。

「降りる必要などありませんよ」

提督の目が見開かれた。

「……なんのつもりだ、サツキ？」

その言葉で、サツキは提督に銃口を向けている自分に気づいた。

「あなたこそなんのつもりだったのですか？　なんのためにわたしを拾ったのですか？」

提督は答えなかった。その目が死んでいた。なんの表情もなかった。

「答えてください！」

引き金にかけた指にサツキは力をこめた。

ふいに、天蓋からさす人工の陽光がかげった。

思わず振り返ると、翼を広げた数体のアンデッドが三百六十度パノラマの大窓にぶつかってくるところだった。

「アンデッド！」

すさまじい衝撃に空中庭園が揺らいだ気がした。

それでも、窓は割れなかった。軍事用の特殊な防弾ガラスでロケットランチャーの直撃にも耐え得るといつか提督にきかされたことがあった。

「なるほど、これがアンデッドか。なかなか興味深い生き物だね」

サツキの銃口を無視して窓に歩み寄った提督が、ためつすがめつ観察している。

そのとき、ドアのむこうの銃声がやんだ。

どう決着がついたのか、サツキが油断なく視線を巡らせようとした直後、大音響とともにパノラマの大窓が枠ごと外れて内側に倒れてきた。

とっさにあとずさり、サツキは銃口を向け直す。だが、遅かった。

大挙してなだれ込んできたアンデッドたちが、提督に鉄の爪を振るったのだ。

サツキの制服に鮮血が飛び散り、血まみれの提督が倒れこんできた。

「提督！」

同時に、ドアを破ってハジメが突入してくる。

「変身！」

走りながらあの異形《いぎょう》の姿となって、アンデッドたちと激突する。

一瞬の動きで数体を引き裂きながら、そのまま相手が倒れることを許さず、執拗《しつよう》になぶるように下から上から、右から左から連続して攻撃を叩《たた》きこむ。

引き裂かれたアンデッドが青色の体液を振りまき、凄惨な光景が展開した。

墓地での戦いと同じだった。冷血な一匹のけだものがそこにいた。

次の瞬間、そのけだものが別のおぞましい甲殻類のような姿に変態した。

まがまがしく邪悪な相貌《そうぼう》に、サツキは凍りつく。

「ハジメ……！」

仲間たちと入ってきたアズミも、それを見て立ちつくしている。

倒れたアンデッドたちが消滅し、静寂がよみがえった。

アズミがサツキの存在にも気づいてとがめるような目を向けてくる。

「サツキ、いつの間に……？」

そのとき、瀕死《ひんし》の提督がうめいた。

「アイカワハジメ……君のほんとうの正体、見せてもらったよ……そもそも、なぜそういう姿なのか、君の真実が知りたかったが……そろそろ限界らしい……」

小さく笑って息絶える。

同時に、変身を解いたハジメがよろめくように膝をつく。以前とは明らかに違う苦悶《くもん》に見舞われてあえいでいた。

「大丈夫、ハジメ？」

駆け寄ったアズミが背中をさする。

サツキは提督のなきがらをうつろな思いで見下ろしていた。

サツキについては何も言わずに逝《い》った、かつては兄ともそれ以上とも慕った存在を、ただ見下ろしていた。

とたん、激しく感情が逆巻き、弾けた。

「おまえはなんだ？　なんなんだ、いったい！」

ハジメにつめ寄り、激しく胸倉をつかんで揺さぶった。

「やめて、サツキ！」

止めに入ろうとするアズミを突き飛ばして、ハジメを締め上げる。

「なんとか言え！」

それは、怒りでもなく、興味とも好奇心とも違う、狂おしい何かだった。

☆

「さっさと言え！　お宝はどこだ？　女が死ぬぞ！」

キダが叫び、巨漢の一人が首をつかんだサエコを高々と掲げた。

「やめろ！　やめさせろ！」

蒼白《そうはく》のサエコからは悲鳴さえもれない。

「わかった！　わかったから、彼女を放せ！」

タチハラは叫び、みぞおちに押しつけられた銃口をつかんだ。

「お宝の場所が先だ！」

その手を振り払ったキダが、銃床《じゅうしょう》を叩きつけてくる。

よろめくタチハラを見てサエコがもがいたが、いっそう首を締めつけられてうめく。

「ここだ！　隠し場所はここだ！」

タチハラはシャツをはだけて胸元を見せた。

そこに、数字をデザインしたタトゥーがいくつか彫られている。

キダの目がギラリと光る。

「おもしれえ！　スミオの兄貴と趣味が同じとは知らなかったぜ。この数字は……緯度と経度だな？」

「ああ。島が三つと岩礁《がんしょう》が三つだ」

「ありがとよ。あとできれいに剝ぎとってやるぜ！」

残忍に笑って銃口を向けてくる。

そのとき、アンデッドの雄たけびがきこえた。

「まさか、ほんとうにあの怪物たちが……？」

びくりと肩を震わせ、キダの顔色が変わった。

「だから、さっきから……」

タチハラが言いかけたとき、雄たけびが大きくなり、耳朶《じだ》に鋭い痛みが走った。

キダも耳を押さえてうずくまる。

直後、暗闇のなかからアンデッドたちが襲いかかってきた。

痛覚が鈍いのか、わけがわからない様子で突っ立っていた巨漢たちが、鮮血を噴き上げてなぎ倒される。

悲鳴をあげて放りだされたサエコをかばってタチハラは身構えた。

「ロープウェーに乗れ！」

「でも、タチハラくんは……」

「早く行け！」

その腰に、カードが流れるようにベルトが出現する。

「変身！」

ギャレンに変身して、アンデッドを迎え撃つ。

鋭い拳と蹴りに、アンデッドたちがのけぞり、吹っ飛ばされた。

「なんなんだ、なんなんだ、おまえは……？」

キダが目を剝《む》き、呆気《あっけ》にとられて腰を抜かしている。

続々と現れるアンデッドたちに、ギャレンは的確な攻撃を叩きこみ、退ける。

その間にゴンドラに飛びこんだサエコが、スタートボタンに手をかけながら絶叫する。

「タチハラくんも……早く！」

「俺にかまうな！　行け！」

だがそこへ転がりこんでいったのは、腰を抜かしていたはずのキダだった。

「どけ！」

ゴンドラの奥へとサエコを突き飛ばしてスイッチを押し、扉を閉める。

ガクンとゴンドラが大きく揺れながら下降をはじめた。

そこへ一体のアンデッドがジャンプ、屋根に飛び乗った。

衝撃を受けたゴンドラがさらに激しく揺れ、仰天したキダが天井に向けて拳銃を乱射するのが窓ガラス越しに見えた。

ようやく眼前のアンデッドを倒したギャレンも、乗り場の先端からジャンプ、中空でその姿をジャックフォームへと変えてゴンドラを追いかける。

ゴンドラの上のアンデッドが鉄の爪で屋根を引き裂き、なかへと侵入しようとしていた。

キダの撃つ拳銃の発射音とサエコの悲鳴がもれてくる。

翼を翻したギャレンは、急降下でそのアンデッドに攻撃を放った。

瞬間、大きくのけぞりながらも滑車の支柱をつかんだアンデッドのもう一方の手に、ギャレンは足をつかまれて屋根に叩きつけられた。

すかさずその手を蹴り飛ばして跳ね起きたギャレンは、雄たけびをあげて体勢を立て直したアンデッドと、下降するゴンドラの上で激しくあいまみえる。

ケーブルがたわみ、大きくゴンドラが揺れる。

たまらず倒れこんだサエコとキダが、右に左に転がって悲鳴をあげるのが引き裂かれた屋根の穴から見えた。

激しい揺れと衝撃に、滑車と支柱が耳障りな音をたてて軋《きし》む。

ギャレンの必殺の攻撃がついにアンデッドを捉えた。

絶叫とともにアンデッドが落下、斜面を転がり落ちながら消滅する。

「危ない、タチハラくん！」

サエコの叫び声と同時に銃声がきこえ、ギャレンの頬を銃弾がかすめた。

「てめえも怪物だったのか！」

屋根の穴越しにキダが拳銃を向けていた。

「やめて！」

キダの腕にしがみついたサエコが、肘打ちを食らって倒されるのが見えた。

「サエコ！」

「死ね死ね死ね！」

乱射された銃弾を危うく避けて舞い上がったギャレンに、空から来たアンデッドがさらに襲いかかってきた。

不意打ちに吹っ飛ばされたギャレンが、下降を続けるゴンドラの上に投げだされる。

揺れがおさまりかけていたゴンドラが再び大きく揺れた。

「ふざけやがって！　落ちろ落ちろ落ちろ！」

キダがバランスを崩しながらギャレンに向けて乱射する。

そこへ、大きくターンして戻ってきたアンデッドが紅蓮《ぐれん》の炎を吐きだした。

迫りくる熱を感知したギャレンは間一髪中空へと逃れるも、炎はまっすぐ屋根の穴から
ゴンドラのなかへと注ぎこまれる。

窓ガラス越しに、炎に包まれるキダとそのむこうでうずくまるサエコが見えた。

「サエコ！」

翼を反転させたギャレンが窓ガラスを破って飛びこむのと、支柱ごと燃え上がった滑車
がケーブルから外れるのが同時だった。

大きく傾きながら落下するゴンドラのなか、ギャレンは炎をかいくぐってサエコを抱え
こむ。

「タチハラくん……！」

「目を閉じてろ！」

直後、斜面に叩きつけられたのか、すさまじい衝撃が突き上げるやいなや、天地が入れ
替わりながらさらに激しい衝撃に見舞われる。

巨大な火の玉が転がり落ちていく光景がギャレンの脳裏に浮かんだ。

☆

まさか、ブレイドが倒されたのか。ケンザキが死んだのか。

嘘だ。そんなの絶対に嘘だ。

マザーアンデッドの襲来に、トウゴは茫然自失《ぼうぜんじしつ》で立ちつくしていた。

「トウゴ……しっかりしろ、トウゴ！」

タクホに平手打ちされて我に返った。

「タクホ……？」

「奥へ逃げるんだ！　あいつはでかいから追ってこれない！」

マザーアンデッドが自分にはせまい操舵室《そうだしつ》に、苛立ったように暴れていた。

さらに、マザーアンデッドの出現に逆に士気が上がったのか、アンデッドたちも雄たけびを交わしながら暴れまくっている。

計器や機器類が端から破壊されて火花が飛ぶ。

「やめろ！」

「俺たちの船に何しやがる！」

船長と機関長が怒りの声をあげた。

「舵輪《だりん》にだけはさわらせるな！」

「俺たちの船を守るんだ！」

「おお！」

部下の船員たちも一歩もひかず、マザーアンデッドに消火器や火消し棒を叩きつけたり、椅子や調度を投げつけたりする。

「きいてるのか、トウゴ？　リキヤといっしょに早く行け！」

「……わかった。でも、タクホは？」

答える代わりにタクホは船長たちといっしょにマザーアンデッドに立ち向かっていた。

「タクホ！」

トウゴとリキヤが叫び、タクホが背中で叫び返す。

「早く行け！　レンとダイとメイを頼むぞ！」

そんなことを言われて自分たちはどうすればいいのか。

時間にしたらほんの一瞬だったが、トウゴはリキヤと顔を見合わせて迷った。

いやだ。自分たちも戦う。

それぞれ武器になりそうなものを探そうとしたそのときだった。

船員の一人がマザーアンデッドの鉄の爪につかまって握りつぶされた。

さらに別の一人がアンデッドに引き裂かれた。

鮮血が飛び散り、一気に形勢が逆転した。

一同がいっせいにあとずさったために、トウゴとリキヤも閉まったままのドアに押しつけられて操舵室を出る機会を逸した。

「痛《いて》え！　押すな！」

リキヤが悲鳴をあげ、トウゴたちは折り重なるようにして倒れこんだ。

そこへ、マザーアンデッドとアンデッドたちが迫ってくる。

爬虫類のような息が吹きかかって、トウゴは顔をそむけ、吐き気をこらえた。

だれしも絶体絶命と思ったそのとき、鼻先にまで迫っていたマザーアンデッドがなぜかずるずると後退した。

そのまま何者かにしっぽをつかまれてデッキに叩きつけられる。

トウゴたちもアンデッドたちも驚いて見た。

そこに立つジャックフォームのブレイドの雄姿を。

あの島から逃げたマザーアンデッドを追って、自らの翼で飛んできたに違いない。

「ブレイド！」

「生きてたんだ！」

そして、トウゴたちは見た。

小さくうなずいたブレイドが新たな姿へと変貌するのを。

ボディカラーが青から金色へと変わり、その手に巨大な剣が現れた。

「キングフォームだ！」

デッキの物陰から顔を出したコジロウの叫び声をきいて、トウゴも思いだした。

キングフォーム。

モノガタリの終盤に登場するブレイドの最強形態だった。

コジロウの傍らには、レンに抱かれたダイとメイの上気した顔も見える。

「ケンザキ！」

「ブレイド！」

子どもたちの歓声を背に、ブレイドが剣を振るった。

一閃《せん》、二閃。

操舵室を飛びだして襲ってきたアンデッドたちが、ひとたまりもなくなぎ払われ、吹っ飛ばされて消滅する。

「すげえ！」

リキヤも歓声をあげ、トウゴも拳を振り上げていた。

「行け、ブレイド！」

剣を構え直したブレイドが、マザーアンデッドと対峙《たいじ》する。

波動と波動がぶつかりあい、ぶるぶると空気が震える。

マザーアンデッドが走り、ブレイドが走った。

長い長いデッキを両者が駆け抜け、デッキ上で、中空で交錯する。

あまりのスピードに、肉眼でそれを確かめることはできない。

火花が飛び交い、激突音が響きわたるのだけが、見え、きこえる。

刹那《せつな》、苦悶の絶叫が轟《とどろ》いた。

動きを止めたマザーアンデッドのからだがぐらりと揺れ、青色の体液をほとばしらせながら海へと落下して消えた。

「やったあ！」

「やった……やった！」

トウゴはリキヤといっしょに躍り上がり、みんなも歓声をあげる。

変身を解いて荒い息をつくケンザキに、物陰を飛びだしたダイとメイが抱きついた。

「ケンザキ！」

「ケンザキ！」

さすがに疲労の色が濃いケンザキの顔にも、柔和な笑みが浮かんだ。

雷鳴がきこえたのはそのときだった。

彼方を見やった船長と機関長の目が険しくなる。

「嵐が来るぞ」

「それまでに壊されたところを修理して出航しないとたいへんなことになる」

嵐ときいて、ケンザキの顔色が変わるのがわかった。

記憶はなくとも、からだがその恐怖を覚えているのかもしれなかった。

ケンザキが震えていた。

第七章　崩壊Ⅰ

胸倉をつかんだサツキの手を、ハジメはゆっくりと外した。

「俺が何者なのか、そんなことは知らないほうがいい」

「どういう意味だ？」

サツキが気色ばみ、倒れていたアズミも怪訝《けげん》そうにこちらを見た。

「知れば……おまえも俺の戦いに巻きこまれる」

なぜかはハジメにもわからないが、このままではその予感が的中する気がする。

名前も性格も違うが、サツキがどこかあのムツキに似ているせいかもしれない。アズミもまたムツキの恋人だったノゾミに似ている。

これははたして偶然なのだろうか。

あるいは何かの、だれかの策謀ではないのか。

そう考えると、その何か、だれかが、俺には心当たりがある。

だが、それは考えたくない。考えてはいけない。そうハジメは思っていた。

「どういう意味だってきいてるんだ！　答えろ！」

ハジメは答えず、二人に背を向けた。

「どこへ行くの、ハジメ？　あたしたちといっしょに戦って！」

外からの銃声が続いている。

各地区のガーディアンの詰め所や街頭で、ガーディアンたちと蜂起《ほうき》した人々とのあいだで銃撃戦が続いていると思われた。

「この戦いに勝たなきゃ……外にも出られない。散骨《さんこつ》もできないよ、ハジメ！」

執務室を出かけたハジメは足を止めた。

たしかにそのとおりだった。

いまだに天蓋都市《てんがいとし》の外への出口は見つかっていないし、この状態ではそれを探すのも難しいと言わざるを得ない。

「外？　外ってなんだ？　散骨ってなんだ？」

サツキの反応には答えず、ハジメは防弾ガラスの外れた窓から三百六十度広がる天蓋都市全域を見渡した。

相変わらず銃声が交錯してこだましている。

「小競り合いを続けていてもきりがない。扇の要はどこだ？　ここか？」

「サツキ……」

「いや、違う。ここの司令部より……ガーディアンの本拠地はC地区の訓練場だ」

言ってからサツキは頭をかきむしった。

「クソ！　何言ってるんだ、俺は？　完全に裏切り者、反逆者じゃねえか！」

その手を、アズミが握りしめた。

「ありがとう、サツキ。ていうか……おかえり」

「アズミ……！」

アズミの笑顔をサツキが驚いたように見つめた。

「それで、Ｃ地区まではどう行く？」

「……俺にまかせろ」

ハジメの言葉に我に返ったサツキが、先に立とうとして足を止める。

提督のなきがらを見つめ、血のついたガーディアンの制服を脱いで覆《おお》った。

「……行こう」

吹っきるように踵《きびす》を返すサツキを、ハジメはアズミといっしょに無言で追った。

空中庭園の外へは、サツキの案内で裏口から出た。

街頭には一般市民の姿はなく、横転した車や破壊された店舗から黒煙が上がっている。

銃声や爆発音はここからは遠い。

それでも、通りの要所要所に立哨役《りっしょうやく》のガーディアンたちが見えた。ライフルを手に、殺気立った視線を四方に巡らせている。

それを避けて路地から路地へと抜ける。

時折、窓から覗《のぞ》く一般市民たちと目が合った。

家族が多かった。夫と妻と子どもたち。その顔は、恐怖を訴えるわけでも助けを求めるわけでもなく一様にうつろだった。滅びの予感のなか、ハジメたちを密告しようという意志すら失くしているように見えた。

逃げ場のない天蓋都市で、自ら判断することを放棄して生きてきたそれは当然の帰結のようにも思え、ハジメは憐れみを覚えた。

「あの通りを渡れば、C地区だ」

物陰からサツキが指さした通りにはしかし、ガーディアンたちがあふれていた。

さすがに本拠地が近いということだろう。反逆者は一歩たりとも通さないというはりつめた空気が伝わってくる。

「どうするの、サツキ？」

「俺が引きつける。そのすきにひとつ先の路地から通りを渡れ。訓練場はワンブロック先だ。非常口でもどこでも、こいつで入れる」

アズミの問いにサツキは即答し、ハジメにマスターキーを差しだした。

「バカ言ってんじゃないよ！　あんた今、自分で自分のこと裏切り者だって、反逆者だって言ったばかりじゃないか！　のこのこ出てったら、それこそ……」

「いいからきけ。俺がそうだってことはまだあの連中は知らないと思う。穴を襲ったチームは全滅したからな。俺がこの手で殺して……」

その顔が苦くかげった。

「……たしかに、可能性はあるな」

ハジメは答え、マスターキーを受けとった。

「でも、もし知ってたら……その可能性だってあるじゃない！」

「それを言ったら何もできない。みんなも蜂起しなかった。だろ？」

サツキに言われてアズミが唇をかんだ。

「決まりだな。入ったら、格納庫を目指せ。北側のいちばん奥だ。そこもこいつで開く。武器弾薬はもちろん、軍用車両や時限爆弾もあるはずだ。俺が合流できてもできなくても、そいつをセットして爆破しろ。補給を断たれれば、ガーディアンだろうと半日ももたない」

「わかった」

「サツキ……」

だがすでに、サツキはガーディアンたちがいる通りへと歩みでていた。

「行こう」

立ちつくすアズミを促し、ハジメはひとつ先の路地へと向かった。

正直、うまくいくはずがないとサッキは思っていた。

穴の襲撃からすでに三日経っている。その間に暴動が起こり、チームからもサツキから
も連絡ひとつ入らなかったのだ。ただのアクシデントではないと考えても無理はない。

だがそれでも、賭けてみる価値はある。

「なんだ、このざまは？　貴様ら、それでもガーディアンか！」

相手が反応するより早く、サツキのほうから怒声を浴びせた。

「隊長？」

「隊長！」

制服を脱いだサツキを一瞬怪訝に見返しながらも、その場にいたガーディアンたちが
いっせいに踵《かかと》を鳴らして敬礼した。

「責任者はだれだ？」

「自分であります！」

ガーディアンの一人が歩みでる。

「今、反逆者どもに攻めこまれたら、全滅だぞ。隊列を正して、整列させろ！」

「は！　整列！」

考える間を与えず、注意を一点に集めて制御する。兵士を動かす基本だった。兵士たち

もまたそれを求めている。

完全武装ながらどこか不安と困惑を漂わせていたガーディアンたちの顔が、指揮官を得たことで一変した。

帰属感の復活と士気の高揚はしかし、自らの判断を放棄することでもあった。

ひとつ先の路地から走りでたハジメとアズミが通りを渡ってC地区へと消えるのがサツキの目の隅に映ったが、ガーディアンたちは誰一人として気づかない。

胸の底がちくりと痛むのをサツキは意識した。

☆

転びまろびつタチハラとサエコは森のなかを走っていた。

「港に船が停泊してるのを見たわ！」

「俺とスミオをはめた船だ。今度こそ奪ってこの忌々しい島を出てやる！」

「やり直すわ、もう一度！」

「ああ。俺も海賊再デビューだ！」

上気したサエコの顔に、タチハラも気持ちが高ぶった。

火の玉と化したロープウェーから脱出して、すでに三十分が経っていた。

木々をなぎ倒しながら転がったゴンドラが、斜面のなかほどでロープウェーの支柱に激突して止まったのはまさに奇跡だった。

あのまま転がり続けていれば、いずれ断崖から落下したか、途中で岩場に叩《たた》きつけられてバラバラになり、もろとも果てていたかもしれない。

いまだに銃声や悲鳴、怒号がきこえる刑務所の敷地に戻るわけにはいかなかった。

上空を旋回し、ときに急降下して鉄の爪で囚人をつかんでは舞い上がるアンデッドたちの姿も見えた。

遠回りだが、森のなかを迂回《うかい》するしかなかった。

幼いころここで遊んだというサエコの記憶をたよりに、港を目指して走った。

三つの月はますます赤くまがまがしい光を放っている。

鳥も虫も鳴いていなかった。

枝葉をかきわけ、腐葉土を踏みしだく二人の湿った足音だけがきこえている。

それをアンデッドにききとられやしないかと、頭上を、周りを警戒しながら、ひたすら走りに走った。

ふいに森が途切れ、アスファルトがところどころ剝げた舗装道路に出た。

「ここを突っきれば、港よ！」

「待て！」

走りだそうとするサエコをタチハラが抑えた。

上空に三体のアンデッドが飛来するのが見えたのだ。

その場に伏せた二人には気づかず飛び去ったと思いきや、すぐに翼を翻して戻ってくるのが風を切る音でわかった。

遊んでいるのか争っているのか、その場でホバリングして奇声を発している。

じりじりと二人は待ったが、いつまでたってもアンデッドたちはその場を離れなかった。それどころか、奇声に誘われたのか、あちこちから別のアンデッドたちまで集まってくる始末だった。すでに十数体に増えている。

「クソ。こうなったら……」

タチハラが再び変身しようと立ちあがりかけるのを、サエコが制した。

「そう……こうなったら、これを使うしかないわ」

サエコが携帯端末を見せた。

３Ｄで表示されたのは、古城のセキュリティシステムのようだった。

そのあちこちが赤く点滅している。

「爆弾……父がセットしたの。自分が死ぬときはあの城ごと消えたいと願って。使う間もなく倒れて逝《い》っちゃったけど……わたしが使うことになるとは思わなかったわ」

「……いいのか？」

「もちろん。これで、ほんとうに帰ってくる場所がなくなる。区切りがつくわ」

サエコが小さく笑い、端末にいくつかの数字とパスワードを入力する。

「行くわよ」

タチハラがうなずくと、サエコが最後の入力を終える。

一瞬の間を置き、地軸を揺るがせてすさまじい爆発音が轟《とどろ》いた。

爆発は数秒ごとに連続して五、六回起こった。

夜空が花火を打ち上げたように明るく染まる。

続いて、古城が崩落をはじめたのだろう、巨大な岩塊が砕かれぶつかりあってなだれ落ちるような音が響いてくる。

さらに、爆発の炎が森の木々に移って激しく爆ぜる音がきこえてきた。

しばらく息をつめて待った。

上空のアンデッドは、逃げたか古城へ向かったか、一体残らず消えている。

「今よ！」

もう待ちきれないといった顔でサエコが走りだし、タチハラがあとを追った。

港には、たしかにあの中型船が停泊していた。

人影も灯りもない。

「やったわ、タチハラくん！」

再びサエコが先に立ち、埠頭《ふとう》に向かったそのとき、銃火が閃《ひらめ》いた。見えないハンマーで殴られたかのように吹っ飛ばされてきたサエコを受けとめる格好でタチハラは尻餅をついた。

「タチハラくん……わたし……もしかして、撃たれちゃった……?」

サエコの口から鮮血があふれ、胸元がみるみる赤く染まった。

「サエコ!」

中型船のデッキに、三つの赤い月光に照らされて五、六人の男たちが現れた。ライフルや拳銃を手にした看守たちだった。

「なんの真似だ? なぜ撃った!」

「刑務所にも爆弾がしかけられてた。先生、もしかしたらあんたのしわざか。だったら当然の報いだ!」

いつもタチハラと揉《も》めていたあの看守だった。その顔や半身に、ほかの看守たちと同様かなりの火傷を負っていた。

「心配するな、タチハラ。すぐにあとを追わせてやる!」

銃口を向け、撃鉄を起こした。

瞬間、そのからだが持ち上げられ、引き裂かれて血と内臓をまき散らした。

タチハラはいつの間にか迫ってきていたアンデッドの群れに気づいた。そこから飛来した一体のアンデッドの鉄の爪が看守に見舞われたのだ。

ほかの看守たちも、次々に襲ったアンデッドたちに瞬く間に皆殺しにされる。

血煙が舞う凄惨な埠頭で、タチハラはギャレンに変身しようと身構えた。

それを、瀕死《ひんし》のサエコが抑えた。

「タチハラくん……早く船に乗って……あなただけでも、ここを出て……ここではないどこかへ……そこでもう一度……自由に生きて……！」

そこまで言って、サエコは死んだ。タチハラの腕のなかでことときれた。

瞬間、強烈なデジャブがタチハラを襲う。

サエコとよく似た、だが明らかに違う女が、かつてこの腕のなかで死んだ。

俺は血に濡《ぬ》れた腕を振るい、戦った。殺戮《さつりく》した。

いや、違う。

俺の腕ではない。だれか、ほかのだれかの腕だ。そう感じる。見える。

「だれだ……だれなんだ……？　どういうことなんだ……？」

混乱し、白熱する脳裏に、あの声がきこえた。

「人は憎悪し、人は戦う。それこそが、人。それこそが、おまえだ、ギャレン！　憎め、ギャレン！　戦え、ギャレン！」

傲慢《ごうまん》きわまりないその響きに、タチハラはあらがう。

ほかのだれでもないサエコを抱きしめ、ほかのだれでもないタチハラが絶叫する。

「俺は憎む。俺は戦う。俺をここへ連れてきた、まぎれもない貴様と戦う。サエコを殺したのは、看守でもアンデッドでもない。貴様だ！　それが今やっとわかった！」

サエコのなきがらをよこたえ、タチハラは立つ。

自由になるため、サエコといっしょに乗るはずだった船に背を向けて、身構えた。

それを、数十体ものアンデッドたちが包囲する。空から、海から、地から、アンデッドはさらに続々と増え続けている。

「変身！」

突き上げる怒りのままにタチハラは再びギャレンとなる。

☆

方舟《はこぶね》は暴風雨のただなかにいた。

トウゴの記憶でもこんなすごい嵐はこれまでになかった。ケンザキの乗っていた船が難破したというあのときだって、これに比べたらそよかぜみたいなものだった。

これだけの大型客船が船体を水平に保てず、木の葉のように翻弄されているのだ。アンカーを降ろすことでかろうじて転覆を免れていた。

文字どおり、神が罰を与えようと起こした洪水なのかもしれなかった。

でもだとしたら、僕たちが犯した罪ってなんなのだろう。

嵐は、あの島で待っていた残りの村人たちを方舟に乗せて出航後、三時間も経たないうちにやってきた。

マザーアンデッドたちに破壊された箇所の修理もまだ終わっていなかった。

最初は突風だった。船室の窓という窓のガラスが割れ、続いて、防ぐ間もなく襲った雨と風が船内を縦横無尽に吹き抜けた。

「女子どもと年寄りをクローゼットのなかへ！」

「からだを縛りつけろ！」

エリアを越えて指示が飛び、レンがダイとメイを抱いてクローゼットのなかに入り、トウゴたちも自らのからだをベッドや作り付けの家具に縛りつけた。

直後、すさまじい揺れがやってきて、トウゴたちは上に下に、右に左に、まるで暴れ馬に乗せられたかのように激しく揺さぶられた。

固定されていない調度品や食器、椅子などが宙を飛んで叩きつけられる。

轟々と海が鳴り、方舟のあちこちが軋《きし》む耳障りな音が重なる。

「北の群島に向かう！」

「嵐を避けるにはそれしかない！」

船長と機関長の決断により、三十分後には方舟は大小十数個からなる群島のなかへと乗り入れていた。

未曾有《みぞう》の嵐も、点在する島々にぶつかって緩衝しあい、その力を弱めるだろうとの計算だったが、逆に座礁の確率はとてつもなく高まった。

これ以上の前進は危険と判断され、アンカーが降ろされたのが三時間前。

だが、風雨はいっこうに衰えようとしなかった。

「いやだ！　いやだいやだいやだ！」

リキヤが泣き叫びはじめたのは、割れた窓から吹きこむ雨が床にたまり、すでに全身びしょ濡れだったトウゴたちの足首あたりまで浸《ひた》したころだった。

口に飛びこんでくる雨は塩辛く、明らかに海水が混じっていた。

「溺《おぼ》れる溺れる……溺れるよ！」

錯乱するリキヤが、自分を縛りつけたロープをほどこうとする。

「落ちつけ、リキヤ！　溺れっこない！」

だが、タクホの声は嵐にかき消されてリキヤに届かない。

トウゴは必死にからだをずらしてリキヤに手を伸ばした。

「つかまれ、リキヤ！　いっしょなら溺れない。僕は泳げる。知ってるだろ、リキヤ！」

リキヤがトウゴを見つめ、しがみつくように手を握ってきた。

その瞬間だった。

トウゴの目の前に、そこから見えるはずのない映像が広がった。

母親の手につかまれ、どんどんどんどん深みに入っていく。

「いやだ！　いやだいやだいやだ！」

足首から膝、腰、胸、首、顎、口と海にのまれていく。

「放してかあさん！　死にたくないよ！　助けて、かあさん！　かあさん！」

母親がこちらを見下ろした。笑いながら。歌いながら。狂いながら。

子守唄だった。

トウゴが覚えているかあさんの唯一の思い出。顔も名前さえも忘れてしまったのに、その歌とその声だけはかすかに覚えていた。

そうだ。この人は違う。リキヤの母親じゃない。

僕のかあさんだ。

そのとたん、トウゴは悟った。

リキヤの過去だと思っていたのは、僕の過去だった。

そのことを思うとき、いつもトウゴのなかで何かがよぎるような気がしたのはたぶんこのせいだったのだ。

かあさんは弱い人だった。トウゴと同じように方舟の上で生まれながら、方舟の上の生活に疲れてしまった。方舟を降りたい。降りたいねえと毎日子守唄がわりにトウゴにささやき続けて、病んでしまった。幼なごころにそれはトウゴにも理解できた。だから、つらかった。だから、僕はかあさんの子守唄が嫌いだった。ききたくなかった。だから、忘れようとしたのだと思う。そして、忘れた。

「溺れる溺れる……溺れるよ！」

トウゴは恐怖に叫んだ。足首までだった海水がいつの間にか膝下まで嵩《かさ》を増している。もうすぐ僕はのみこまれる。かあさんをのみこんだ海にのみこまれる。

トウゴは必死に自分を縛ったロープをほどこうとしていた。

そこにリキヤが手を伸ばしてきて、トウゴの手を握りしめる。

「つかまれ、トウゴ！　いっしょなら溺れない。俺は泳げる。知ってるだろ、トウゴ！」

そうだ。そうだったとトウゴは思った。

リキヤの両親こそ、リキヤが幼いころ病死していた。なんとなく自分の過去のような気がしていたけれど、それこそがリキヤの過去だった。そして、リキヤもまた僕の過去を自分の過去だとついさっきまで思いこんでいたのだ。

どうしてこんなことが起こったのか。だれか、目には見えない何者かのしわざなのか。

そうとしか思えない。

何か大きな力に僕らは操られているのだろうか。

モノガタリをだれかに書かされたと感じているコジロウと同じように。前から感じていた思いが、トウゴのなかでますます強くなる。

「大丈夫か、トウゴ？」

「心配するな。ドブネズミ団はいつもいっしょだぜ！」

タクホとリキヤが笑いかけてくる。

クローゼットの扉がいつの間にか開いていて、そこから覗くレンの顔も笑っていた。大丈夫よとうなずいている。

次の瞬間、重力が消えた。

ふわりと方舟全体が浮かび上がったのだ。

さらに次の瞬間、重力が戻って激しく叩きつけられる。

もしもさっきロープを解いていたら、壁や天井にからだを激突させてトウゴはばらばらになっていただろう。

同時にだれかの叫び声がきこえた。

「アンカーが切れた！」

「つかまれ！」

やはりそうだったのか。そう思ったときには、すでに方舟はすさまじい勢いで荒波に翻弄されはじめていた。再び上下左右にからだがひっぱられ、とっくに空っぽになっていた胃袋が痙攣《けいれん》するのがわかった。

続いてきこえてきた叫び声に、トウゴは慄然《りつぜん》となった。

「やめろ、ケンザキ！」

「アンカーなんかほっとけ！」

「待て、ブレイド！」

「ブレイド！」

トウゴの脳裏に、ケンザキがブレイドに変身し、切れたアンカーを追って海に飛びこむ光景がまざまざと浮かんだ。

「ケンザキ？　ブレイド！」

ゆるんでいたロープを解き、トウゴは転がるように船室を飛びだした。

「待て！」

「トウゴ！」

タクホたちの声が通路に吹きこんだ突風にかき消される。

デッキは雨と海水に洗われて、三十度ほど傾いていた。

明らかに座礁しているのがわかった。

アンカーが切れて船体が浮き上がり、再び元に戻ったときに、大きく位置がずれて浅瀬に乗り上げたに違いない。

しかも、少しずつ傾きが増している。三百年ものあいだこの大海を航行してきた方舟が、あともうわずかな時間で横倒しになろうとしていた。

手すりなどにつかまった船員たちが荒れ狂う海を見下ろしている。

その海から、ジャックフォームのブレイドが飛びだし、デッキへと舞い降りる、というより力尽きて落下してきた。

「すまない。見失った……海底は泥で視界がきかない……」

よろめくように膝をつくと、変身が解かれた。

この船に生命を助けられた。だから、この船を助ける。そう思ったに違いない。ケンザキの気持ちがトウゴにはわかった。悔しさがわかった。

「ケンザキ……ケンザキ！」

トウゴは走った。

ずぶ濡れになって、斜めに傾いだデッキに足をとられながら、トウゴは走って走って、ケンザキに飛びついた。

「どこにも行かないで！　僕をおいてどこにも行かないで！」

驚いたようにトウゴを見たケンザキが、優しく笑って頭をなでてくれた。

トウゴは思う。ようやく思う。これだけはほんとうだと。

タクホやリキヤやレンやダイやメイやコジロウたち、そしてケンザキ。

自分の周りに存在するこれだけは、どこかのだれかのものじゃない、僕だけの大事なものなんだと思えて、トウゴは泣いた。安堵《あんど》の涙を流して泣いた。

ケンザキの温かい胸の鼓動を感じる。

とたん、トウゴはケンザキの過去と呼応した。

深く暗い海の底にまっすぐに落ちていく。

嵐の海に投げだされないようにと同乗の船員が縛りつけてくれたアンカーに、逆に引きずられて落ちていく。

絶息する寸前でロープを解いて浮上したものの、嵐の海に翻弄されるまま漂流した。

何日も、何日も、何日も。

そして、方舟と出会い、拾われた。

でも、それ以上はどうしても思いだせなかった。

「ああ……それより前のことはいまだに思いだせないんだ。コジロウのモノガタリも読ませてもらったが、だめだった……」

「え？」

トウゴは驚いてケンザキを見た。トウゴの心が読まれていた。

「そう……トウゴ、おまえの心だけは読めるんだ。なぜだかわからないが……きっとこれも運命ってやつなんだろう」

「運命……」

そうだ。きっとそうだ。運命なんだ。トウゴは胸の底が熱く高ぶるのを感じた。

方舟が甲高い音を立てて軋み、大きく傾きを増した。

もはや、何かにつかまらずに立っていることはできなかった。

「船を捨てよう」

「そうするしかないな」

船長と機関長が何度目かの決断を下した。

第八章　崩壊Ⅱ

格納庫の爆発を、サツキは訓練場の外で見た。

指示を求める部下たちをそれらしく持ち場につかせなくてはならなかったのだが、その間にハジメとアズミはうまくやってくれたようだ。

紅蓮《ぐれん》の炎と黒煙が渦を巻くように噴き上がり、はるか天蓋《てんがい》を焦《こ》がしている。

それにしても、思っていた以上に自らの判断で動けないガーディアンたちだった。飼い犬がつねに主人の顔色を窺《うかが》って安心したがるように、サツキの言動ひとつひとつに対しての反応は早いが、そこに自分の意志はまったくない。

自分もつい最近まで同じだったとサツキは痛感した。

そのくせ、恐怖や動揺は瞬く間に伝染する。

「反提督派《はんていとくは》だ！」

「訓練場のなかまで侵入された！」

「武器弾薬が爆破された！」

「もうだめだ！」

「殺される!」

ガーディアンたちが蒼白で浮き足立ち、右往左往している。

「落ちつけ! 各自持ち場を離れるな! 落ちつけ!」

こうなるとサツキの命令も効果が薄い。

そこに銃声が連続して響きわたり、現実に反提督派のゲリラたちが姿を現した。その数は三十人を越えている。

パニックは頂点に達した。

ある者はやみくもに逃げだしたところを狙撃され、ある者は自暴自棄の特攻を試みて射殺され、ある者は自分の口に銃口を突っこんで引き金を引いた。

ほんの数秒ほどのあいだのことだった。

「やめろ！　勝手に動くな！　そっちも撃つな！　撃つな！」

両者のあいだに走り出たサツキが両手を上げて叫んだ。

反提督派の狙撃手が驚いたようにライフルのスコープから顔を上げる。

サツキを知っているらしく、銃撃を続けようとする仲間たちを制した。

だが、ガーディアンたちはなおも発砲を続けている。

「貴様らも撃つな！　撃つんじゃない！　撃つな！」

自ら火線に身をさらしたサツキに、ようやくガーディアンたちは銃撃を中断させたが、引き金から指は離さない。

「生命を無駄使いするな！　そんなものは勇気でもなんでもない。よく考えろ。命令ではなく、自分の頭で、胸で考えろ。俺はもう命令はしない。すでに提督もいない！」

最後の言葉がとどめだった。

ガーディアンたちが茫然《ぼうぜん》と肩を落とし、その手の武器を落とした。


銃声が消えて、ハジメは戦いの終結を悟った。

「……終わった、のかな？」

アズミはまだ実感がわかないようだった。

炎上を続ける格納庫から百メートルほど離れた物陰に二人はいた。

「サツキに合流しろ」

「うん……で、ハジメは？」

ハジメは答えず、物陰を出て一方へと歩きはじめた。

「待って！」

アズミが追いかけてくる。

「出口を探すんだよね。で、海に散骨《さんこつ》しにいく。うん、それはわかってる。でも、そのあと……戻ってくるかな？」

予想していた質問だった。

「ううん。じゃなくて……戻ってきてほしいんだ、ハジメ」

アズミの声が高くなったが、ハジメは答えない。

答えるべきではないと思った。答えたところで、この地をあとにすると決めたハジメの気持ちがアズミに理解できるとは思えない。

「なんとか言ってよ、ハジメ……ハジメ！」

そのとき、空に亀裂が走った。

「え？　何……？」

アズミが啞然《あぜん》と見上げ、あちこちから悲鳴もきこえてくる。

亀裂は、炎と黒煙が焦がした天蓋に網目のように広がって、破れた。

三百年ぶりにほんとうの空が見えた。

だが、そこから飛びこんできたのは、吹きすさぶ南極のブリザードだけではなかった。

空からのアンデッドや外壁をよじ登ってきたらしい地や海からのアンデッドが大挙して侵入してきたのだ。

「アンデッド！」

☆

累々たるアンデッドの死体を前に、返り血ならぬ青色の体液を全身に浴びたギャレンは立ちつくしていた。

「これで……満足か？」

あの声に語りかけた。

「俺を怒らせ、俺を戦わせ、俺を狂わせ……だが、何をさせても無駄だ。俺は俺が戦うべき相手をもはや見まがうことはない！」

屍《しかばね》たちが消失し、変身を解いたタチハラはあえぎながら膝をつく。

波が打ち寄せ、風が流れた。

タチハラはサエコのなきがらを抱き上げ、歩く。

デジャブなど関係ない。俺が知るほかのだれでもないサエコがここにいる。

港の外れに穴を掘り、もの言わぬ唇にくちづけて葬った。

そして、再び語りかける。

「俺はここだ。逃げも隠れもしない。いいかげんに姿を現したらどうだ！」

拳を突き上げた天空に、そのとき応えるように漆黒《しっこく》の巨大な石板《せきばん》が出現した。

それが音もなく小高い丘に突き刺さり、屹立《きつりつ》する。

「……封印《ふういん》の石……！」

奇妙な形にねじれた石板を見つめ、無意識につぶやく自分にタチハラは気づいた。

☆

嵐がおさまる気配はまったくなかった。

方舟《はこぶね》の傾斜も大きくなり、トウゴたちは手近の何かにつかまり、辛うじて立っていた。

いつ船体が横倒しになってもおかしくない。

脱出は一刻を争ったが、ボートの半分は流され、とても全員が乗ることはできないということはそれこそ全員が承知していた。

どこにあるかわからない陸地と往復している時間はもちろんない。

「俺たちは船乗りだ。ずっと忘れてたかもしれないけどな」

苦笑する船長の目や機関長の顔が、疲労の極でなぜか輝いて見えた。

「ああ。最後には船乗りの意地を見せようぜ！」

「おお！」

船員たちも笑顔で声をあげる。

まずは女子ども、病人、老人から、各ボートに振り分けられて乗せられた。

僕たちは残る。子どもじゃない。いちばんあとでいい。トウゴたちは言いつのったが、もちろんきいてはもらえなかった。

ケンザキもトウゴたちのボートに乗った。みんなを頼む。あんたにしか頼めないと船長に言われ、ケンザキはうなずき従った。

「リキヤ、折檻《せっかん》してすまなかったな。いい男になれよ」

機関長の言葉に、リキヤは泣いた。

「機関長！」

続いて、あの島で方舟に乗せた村人たち、客室エリアの生き残りとかつての廃棄《はいき》エリアのコジロウたちが振り分けられた。

それで終わりだった。

船長や機関長、三十人あまりの船員たちに見送られて、トウゴたちは方舟をあとにした。

大きく傾いたデッキの端に整列して敬礼する彼らに、トウゴたちはちぎれんばかりに手を振った。みんな、泣いていた。歯を食いしばって泣いていた。

三百メートルほど離れたとき、方舟はついに横倒しになった。

すでに船長たちは最後まで職務を果たそうと船内の持ち場についていたため姿が見えな

かった。それだけが救いだった。

年老いた巨象の最期にも似た哀しげな咆哮《ほうこう》は、自らの重さで自壊しようとする方舟が放つ軋《きし》みの音だった。

直後、三つに裂けた船体は、容赦なく牙を剝《む》く波濤《はとう》に襲われてばらばらに砕け散った。

「船長！」

「機関長！」

トウゴとリキヤの叫び声も、衰えることを知らない海鳴りにかき消される。

「……行こう！」

吹っきるようなタクホの声に、トウゴたちは唇をかみしめてボートを漕《こ》ぎだした。

先に出発したほかのボートたちが前を行くのが見える。

小船なので座礁の危険はなかったが、転覆の危険は大いにあった。

群島内を吹き荒れる風雨は、あらゆる方向から殴りつけるように襲いかかってきて、進路をまっすぐ保つのがむずかしい。

実際、漕ぐどころの話ではなかった。荒れ狂う海に投げだされないように互いの手を握りしめ、船縁にしがみついているのがやっとだった。

トウゴの乗るボートにはドブネズミ団とケンザキ、コジロウのほかに十数人の人間がぎっしりと乗っていた。

全員がずぶ濡《ぬ》れで、かきだしてもかきだしても船床にたまってしまう雨水や海水に早くも疲弊しきっている。

いつの間にか前を行くボートも見えなくなってしまった。

転覆したのか、あるいは進路を違えてしまったのだろうか。進路を違えたのはあちらかこちらか、もちろん知るすべもない。

突然の横波だった。

斜めに大きく持ち上げられたボートの左舷から、七、八人が投げだされた。そのなかにはレンの手を離れたダイとメイもいた。

「ダイ！　メイ！」

レンが絶叫するのと同時に、タクホが灰色の海へとダイブしていた。

「タクホ！」

トウゴたちが叫び、一瞬後にはケンザキがあとを追って飛びこんだ。海のなかに消える寸前、まばゆく光るエネルギー波を通過してブレイドに変身している。

「ボートを動かすな！」

「ここで待つんだ！」

トウゴとリキヤはオールにしがみついたが、ボートは翻弄され続け、どんどんその場から離れてしまう。

「だめだ！　だめだだめだ！」

「動くな！　動くな！」

そのとき、激しく波立つ海面にダイとメイを抱いたブレイドが現れた。ジャックフォームで浮かび上がり、ボートまでホバリングして二人をレンに渡す。

「ダイ！　メイ！」

レンに抱きしめられた二人が、小さく海水を吐いて咳きこみ、泣きだした。

「大丈夫。もう大丈夫よ！」

「ブレイド、タクホは？」

「ほかの人たちは？」

トウゴとリキヤの問いに、ブレイドが無言で身を翻して再び海中に消える。

それから数分のうちに三人がブレイドによって救出されたが、タクホを含めた残りの人々は見つからなかった。

ブレイドが何度も何度も潜って探したが、結果は同じだった。

「そんな……そんな！」

「タクホ……タクホ！」

茫然自失のトウゴとリキヤの傍らで、ダイとメイを抱いたレンが叫んでいた。

「いや……いやあ！　お兄ちゃん！　お兄ちゃん！」

「……え……？」

「……お兄ちゃん……？」

トウゴはリキヤと顔を見合わせ、次の瞬間には理解した。

そうだ。そうだったんだ。タクホとレンは、ほんとうは兄妹だった。

なぜそれを隠さなくちゃならなかったのか、それもわかった気がする。

トウゴはリキヤがレンを押し倒してしまったときのタクホの怒りを思いだしていた。

きっと二人は兄と妹とは違う気持ちを秘めていた。だれにも言ってはいけないことだけれど、それを隠して兄妹と名乗ることのほうがもっとずっと苦しかった。

波に揉《も》まれてなすすべもなく漂うブレイドの姿が見えた。

ふいにトウゴの脳裏に声が響いた。

声は笑っていた。愉快そうにからかうように嘲笑《ちょうしょう》して、消えた。幻聴《げんちょう》かと思ったとき、波間から拳を突き上げてブレイドが吠《ほ》えた。

「笑うな……笑うな！」

そのことに気づいたのはトウゴだけだったが、コジロウが違う形で呼応していた。

「俺のせいだ……俺がモノガタリなんか書いたから……きっとみんなそこからはじまったんだ……俺のせいなんだ！」

泣きわめいて、隠し持っていた酒瓶をぐびぐびとあおった。

「やめろ！　こんなときに酒なんか飲むな！」

リキヤが酒瓶を奪って海に投げ捨てる。

ふと見ると、レンが微笑んでいた。ぶつぶつと何かつぶやいていた。

「……お兄ちゃん、遊ぼうよ……レンと遊ぼうよ……お兄ちゃん……」

その目が焦点を失っていた。心のなかのタクホ以外、だれも見ていなかった。

「レン……どうしたんだよ、レン？」

リキヤがレンの肩を揺さぶり、泣きやんだダイとメイが不安そうに見上げている。

そのとき、トウゴは気づいた。レンのつぶやきがきこえるほどに、いつの間にか海鳴りが小さくなっていることに。

嵐がようやく去ろうとしていた。

☆

空からのアンデッドが傍若無人に飛び回り、地や海からのアンデッドたちが空中庭園の屋根へ、地上へと、次々に飛び降りてくるのが見えた。

天蓋都市の中央部から人々の悲鳴が大きくわき上がってくる。

「ハジメ！」

「サッキと合流しよう！」

このまま一人でここを出ていくことはできないとハジメは思った。アズミを促し、空からのアンデッドたちに発見されないように物陰から物陰へとからだを低くして走った。

だが、三十メートルも進まないうちに、おそらく足音を察知したのだろう、地からのアンデッドが三体、次々に出現して襲いかかってきた。

「先に行け、アズミ！」

アンデッドたちを見据え、変身しようと身構える。

「来てくれるよね、ハジメ？　いっしょに戦ってくれるよね？」

「ああ。だから、先に行け！」

アズミがうなずき、ダッシュする。

それを追おうとする一体の前にハジメは立ちはだかった。

「おまえたちの相手はこの俺だ……変身！」

カリスとなるや、そのアンデッドを一撃のもとに叩《たた》き伏せる。

ほかのアンデッドたちが牙を剝き、いっせいに襲いかかってきた。

「俺は今からけだものになる。ジョーカーになる。三秒後に貴様たちは塵《ちり》と消える。それでもかまわないならかかってこい！」

カリスからジョーカーへその姿をまがまがしく変え、アンデッドたちに立ち向かう。

武装解除されたガーディアンたちが反提督派のゲリラたちに連行されようとしていた。

「俺も連行しろ！　こいつらの上司だ。君たちの敵だ！」

あるいはどっちつかずの裏切り者だとサツキは胸のなかでつけ加えた。

「サツキ！」

そこへ駆けつけたアズミが叫んだ。

いいの、それで。ほんとうにいいのと、その顔がたずねていた。

ああ、いいんだと、サツキはうなずいた。

ゲリラたちも戸惑う顔を見合わせた、そのとき、空と地から襲ったアンデッドたちが鉄の爪を振るって彼らのからだを引き裂いた。

アズミが悲鳴をあげる。

返り血を浴びたガーディアンたちが立ちつくす。

その足元には没収された銃器が放りだされている。

「何してる？　武器をとれ！　応戦するんだ！」

一喝するや、サツキは眼前のアンデッドに銃撃を放った。

「俺たちはガーディアンだ！　今こそこの街を守る！　人々を守る！　貴様らの好きには

させない！　絶対にさせない！」

弾丸を体内に吸収しつつも大きくあとずさったアンデッドに、素早くマガジンを交換して連射を叩きこむ。

おびただしく吐きだされた空薬莢《からやっきょう》が金属音を発して地面を跳ねる。

銃創の再生が間に合わず、そのアンデッドはのけぞるように倒れて消失した。

一瞬の静寂のあと、我に返ったガーディアンたちが次々に武器をとり、アンデッドたちに向けて発砲を開始する。

その動きも、その声もいつもとまるで違っていた。

「自分たちは右に展開します！」

「自分たちは左に！」

「後方確認！」

「ＯＫ！」

「ＧＯ！」

「ＧＯＧＯＧＯ！」

サツキの命令を待たず、自分たちで考え、自分たちで判断して動いていた。それでいて見事な連係がとれている。

全員の顔が輝いていた。自ら見つけた目的のために、自らの生命をかけて戦う。やっとたどりついた答えに輝いていた。

そのなかの一人としてサツキは戦った。

「隠れてろ、アズミ！」

「おことわり！」

アズミも銃をとり、ともに戦った。

全員、青色の体液を浴びながら、数十体のアンデッドを倒した。

だがしかし、形勢が逆転することはなかった。

倒れたアンデッドの倍、二倍、三倍のアンデッドが出現して襲ってくる。

たとえ格納庫からの補給を断たなかったとしても結果は同じだったろう。圧倒的多数のアンデッドに、三十分後にはガーディアンのほとんどが倒されていた。

弾丸の尽きたアズミをかばってサツキはあとずさりながら発砲を続ける。

そのサツキの銃もついに空になり、四方からアンデッドたちが迫りくる。

背中にしがみついたアズミがこわばり、息を止めるのがわかる。

雄たけびをあげたアンデッドたちが鉄の爪を振るおうとした瞬間、地面からわきでた緑色の液体のようなものに包まれて倒れた。液体が飛び散ると、アンデッドたちは食い破られたのど元から青色の体液を振りまき、激しく痙攣《けいれん》して動かなくなる。

「こいつらは……？」

「蜘蛛《くも》……？」

液体のように見えたそれは、緑色のおびただしい数の蜘蛛だった。

魔法陣のような形でサツキとアズミを守り、毒牙を細かく鳴らしてアンデッドたちを威嚇している。

動きも素早く、空からのアンデッドを巧みにかわして互いのからだを糸でつないで中空を飛び、迎撃、確実に相手ののど笛を食いちぎった。

そのすきに、サツキとアズミも倒れたガーディアンたちがとり落とした銃と弾薬を拾ってアンデッドたちに応戦する。

今度こそ形勢逆転かと思われたとき、なんとその倒れたガーディアンたちがアンデッドとなって蘇生《そせい》し、襲いかかってきた。

無造作に緑色の蜘蛛たちをつかんでは引き裂き、食いつかれれば食いつき返して、次々に葬っていく。

「どうしたんだ、おまえら……？」

「嘘でしょ……！」

まさしくアンデッド、不死の者だった。

どうやらあちこち、別の場所でも同様のことが起こっているらしい。

さっきから、「どうしたの、お父さん？」「やめて、お母さん！」などといった悲鳴が遠く近くきこえていたのだ。

「来るな……来るな！」

銃口を向けながら、サツキはアズミの盾になってあとずさった。

迫りくる生ける屍のなかには、引き裂かれた無残なからだになぜかまだ生前の意識が残っている者もいた。

「……殺してください、隊長……！」

「……お願いします、隊長……！」

「……隊長……！」

撃てるはずがなかった。

自らの意志を獲得した彼らが今またその意志を奪われ、同胞を殺そうとしている。

「なぜだ……なぜなんだ？」

やり場のない怒りにサツキは絶叫した。

瞬間、突風が吹き抜けた。

変身したハジメがさらに姿を変えた、あのまがまがしいけだものが、かつて部下だったガーディアンたちをことごとく引き裂いていた。

「ハジメ……！」

アズミが叫ぶと、けだものは変身を解いてハジメに戻り、よろめき膝をついた。

　そこへ、サツキは銃口を向けた。

「貴様……なぜ殺した？」

　だが、ハジメは答えず、苦しそうにあえぎ続けている。

　あの姿になると、自身も相当のダメージをこうむるらしいのがわかった。

「答えろ！　なぜだ！」

　それを、アズミが抑える。

「みんなもう死んでたのよ、サツキ。ほら……」

　あちこちから、声がきこえていた。

「……お父さんがもとに戻った……」

「……戻って、また死んだのね……」

「……でも、よかった、お母さん……」

「これで安らかに……」

　アズミの声が痛ましげにかげる。

「たぶん、アンデッドと呼応して一時的に動かされただけなんじゃないかな。生きてるわけじゃなかったんだと思う……」

　サツキは銃を下ろした。

　ああ。たぶんそういうことだったんだろう。

だがそれでも俺は撃てなかったし、死んでいたとはいえかつての部下たちのからだを引き裂いたこの男を許すことはできなかった。

ハジメ、おまえはいったい何者なんだ。

そのとき、轟音《ごうおん》とともに支柱が折れて、空中庭園が崩落した。

三百年続いた天蓋都市の、それは崩壊でもあった。

すさまじい噴煙が上がるなか、同時に天蓋の亀裂が自動的に修復されて塞がれていくのが見えた。

「すごい……！」

アズミが目を見張り、人々も歓声をあげた。

「提督にきかされたことがある。天蓋はナノ細胞を仕込まれた生きたシステムだと……破れれば自分で修復する」

これで、これ以上のアンデッドの侵入はなくなった。

「だったら、なんでもっと早く……いったい、どれだけの生命が奪われたと……」

アズミがやり場のない怒りを吐きだす。

「天罰、だったのかもな……」

我知らずサツキはもらしていた。

「え？」

「いや……なんでもない」

歓声が大きくなっていた。

屋内に閉じこもっていた人々がおそるおそる姿を現し、ことの次第を悟ったのだ。三百年ぶりに自らの意志で声を出して笑い、自らの意志で身を躍らせているように見える。

人間らしい本物の感情があふれ、交錯していた。

「どっちにしても、提督の支配は終わったってことね」

「ああ……」

空中庭園の瓦礫《がれき》は穴をなかば塞ぐ形で積み重なり、穴の底の地熱還元装置にもそこで働く人々の居住区にも幸い影響はないようだった。

サツキは依然ぐったりと座りこんだままのハジメを見つめ促した。

「……こっちだ。外へ出たいんだろ」

ハジメがゆっくりと顔を上げる。

☆

嵐が去って三日、はぐれたほかのボートと再会することはなかった。

トウゴたちに行き先のあてなどなく、水も食べ物も尽きようとしていた。

時折、ブレイドが陸地を探してジャックフォームで飛び立ったが、何も見つけることができずに戻ってきていた。

その報告をきくトウゴたちの反応も次第に鈍くなった。疲れきった脳と心が何かを考えることや感じることを放棄していたのだ。

一人、幼女のような笑い声を立てているのはレンだった。

ダイとメイを相手にお手玉などして無邪気に遊んでいる。子どもたちもどこかでレンの変化を意識しているはずだが、表には出さなかった。

そんなレンを見つめるリキヤからは、あれ以来笑顔が消えてしまっている。

酒が切れたコジロウはかさかさに乾いた猿みたいに精気を失くして船床にうずくまったまま日がな一日動かなかった。
五、六人いるほかのエリアからの人たちも同じだった。だれもが口を閉ざし、だれもが動こうとしなかった。
トウゴは思った。方舟を降りても、僕たちの前にあるのはただ絶望の航海でしかないのだろうか。

☆

訓練場の地下に、水路とドックがあった。

何代か前の提督が緊急脱出用に極秘につくらせ、その後封鎖されたらしい。

訓練場のセキュリティシステムを点検していて偶然見つけたのだが、サツキはだれにも報告しなかった。なぜか自分でもわからなかった。いつかこれを使うことになろうとはもちろんそのとき思わなかった。

同型の二艘《そう》のスピードボートが浮かんでいる。

「メンテはしてある。いつでも動かせる」

実際に確かめたわけではないが、吹き寄せてくる潮風からして水路が海へとつながっているのは明らかだった。

サツキの説明にうなずいたハジメの腕を、アズミがつかんだ。

「待って、ハジメ。行かないで！　あたしたちにはあんたが必要なんだ！」

ハジメがアズミを見つめ、その腕を外した。

「……すまない……」

スピードボートの一艘に乗りこみ、エンジンを始動させる。

「待って……待って、ハジメ！」

水路沿いに追おうとするアズミの前に、包帯姿のおばちゃんが立ちふさがった。ガーディアンに襲われて生き残った一人だった。

「アズミ、あんたこそ、これからこの場所には必要なんだよ」

「おばちゃん……！」

アズミの動きが止まり、ハジメがスピードボートを発進させた。白い航跡を残してみるみる遠ざかっていくのを、アズミが茫然と見送っている。

ふとサツキは気づいた。

もう一艘のスピードボートに、見覚えのないアタッシュケースが置かれていたのだ。

言葉にならない予感を覚え、サツキはスピードボートに乗りこんでケースを開けた。

「これは……！」

はたして、入っていたのはベルトとカードだった。ハジメが変身するときに使っていたものと酷似している。

サツキの脳裏に声が響きわたった。

「……戦え、サツキ……戦え、レンゲル……！」

だれだ、おまえは。

レンゲルってなんだ。

もしかしたら、俺のことか。

そう意識したとたん、サツキは自分を覆《おお》っていたステンレスの暗く四角い壁が打ち破られるのを感じた。

そして、漆黒の巨大な石板を幻視する。

「……封印の石……」

なぜそんな言葉が浮かんだのかわからなかった。

突き上げる衝動にかられて、サツキはスピードボートを発進させる。

「サツキ！　あんたまで……？」

背中に投げつけられたアズミの声が小さくなる。

「ダ・サツキ……バカヤロウ！」


ライトが闇を切り裂き、白波が砕け散る。

曲がりくねった水路を、先へ先へとハジメはスピードボートを走らせた。

前方に針の穴のような光点が現れ、みるみる大きくなる。

一瞬後、ついにスピードボートが南極の海原へと躍りでた。

ブリザードはやんでおり、本物の陽光に射られた目が痛い。

ハジメは減速して、懐から出した老人の遺骨をまいた。

「……遅くなりました」

灰は灰に。塵は塵に。穏やかな海に、遺骨は消え去った。

それは自らの過去との決別でもある、とハジメは思いたかったが、そうはいかないだろうという予感もたしかにあった。

予感は的中した。

再び加速したとき、舵が一方へと勝手にきられたのだ。けっして避けられぬ運命、あらかじめ定まった宿命かのように。

そして、ハジメは石板を幻視する。

「現れたか……封印の石！」

☆

携帯端末のマップなど長いあいだ更新されていなかったから当然あてにはならなかったが、それでも気休めにトウゴはときどき覗いたりしていた。

そこから突然、女の声が飛びだしてきた。

偶然別の操作をしてしまったらしい。マップではなく、ラジオ放送を示すアイコンが表示されていた。

「……天蓋都市が滅びました……今これを聴いている世界中の人たちに……南極を解放します……天蓋都市が滅びました……今これを聴いている世界中の人たちに……南極を解放します……！」

切れ切れながら、女の声はくり返しくり返し訴えていた。

少しずつみんなが反応しはじめる。

「……南極……」

「……天蓋都市……」

「……解放……」

コジロウが弾かれたように立ちあがった。

「南極へ行こう！」

ボートが揺れて悲鳴があがる。おかげで、一気にみんなの意識が覚めた。

「冗談だろ？　どんだけかかると思ってんだよ！」

だが、そういうリキヤの目にも希望が揺れている。

「行こう！」

トウゴも叫ぶと、みんなも叫んだ。

「南極へ行こう！」

レンは相変わらずだったが、ダイとメイもわけがわからないながら笑っていた。

そうだ。南極へ行けば、レンを治すこともできるかもしれない。

南極へ行こう。

これまで流されるままに等しかった舵が大きくきられた。

南極までなら、古いマップでも充分役に立つ。

そうだ。南極へ行こう。

絶望の航海を、希望の航海に変えよう。

そのとき、トウゴは脳裏に響きわたるあの嘲笑を再びきいた。

同時に、舵をとっていたコジロウが悲鳴をあげる。

「なんだ、これ？　舵が勝手に……舵がきかない！」

脳裏の嘲笑が大きくなる。

新たな進路を知ろうとトウゴはマップを検索した。

「囚人島……？」

ケンザキが空間を見据えて叫ぶ。

そこにあるものを幻視するかのように。

「封印の石……またの名を、統制者！」

第九章　囚人島　レンゲル、覚醒《かくせい》

あれからどれだけの時間が経ったのか。

封印《ふういん》の石を前に、タチハラは動けないでいた。

意識ではあらがうのだが、からだが動かない。その意識も次第にはっきりしなくなってきていた。自分自身を認識できない。なぜだ。どうしてだ。その思いもかすみ、消え去ろうとしている。

風にさらされ、雨に洗われ、封印の石を囲む自然とタチハラは一体化していた。

そのタチハラの脳裏をふとよぎるものがあった。

「……やってくる……俺と同じ運命を背負った者たちが……やってくる！」

恐怖とも期待ともつかずに叫んだタチハラを、あの声が笑った。

封印の石から挑発するように嘲笑っていた。

「俺に……何をさせるつもりだ？」

かすかに残った意識でにらみ返したとき、何者かがタチハラのなかに入ってきた。

☆

最初に煙が見えた。

古城の敷地の一部を利用して収容施設がつくられたという囚人島だった。

山頂に垣間見えるその古城は、何があったのか、なかば崩れ落ちてくすぶるように細く煙を立ちのぼらせている。

潮の流れが急速に強くなり、トウゴたちが乗るちっぽけなボートでは近づくことすら不可能に思われたが、渦巻く潮と潮のあいまをぬってなぜかスムーズに港がある湾内まで入ることができた。

やはり、目には見えない大きな力に操られているとしか思えない。

舵が勝手にこの囚人島へときられて以降、逆らうことはまったくできなかった。

その大きな力とは何なのか、わかりそうでわからない。結論を下すのが怖くて、それ以上想像することをみんなやめているように思えた。

封印の石。またの名を、統制者。

ケンザキはそう言ったけれど、なぜそれが自分の口から発せられたのかわからないらしく、記憶も依然として断片的にしか戻っていないようだった。

モノガタリにはそんなものは出てこない。そこに何か意味があるのだろうか。ないはずがない、とトウゴは思った。おぞましい予感に肌が粟立《あわだ》つ。

頭痛に顔を歪《ゆが》めながら、ケンザキが近づく桟橋を見据えていた。

声をかけようとしてかけられなかった。

そのケンザキの目に映っているのがじつは小高い丘に立つ巨大な石板《せきばん》だと気づいたのは、彼がボートの舳先《へさき》を蹴ったあとだった。

「変身！」

中空でブレイドとなり、ジャックフォームに姿を変えて急上昇する。

「ケンザキ！」

「ブレイド！」

リキヤとダイとメイも驚いて見やった。

ブレイドは上空で反転、丘の石板に向かって飛んでいく。

「もしかして……あれが、封印の石？」

トウゴが叫び、リキヤが叫んだ。

「行くぜ！」

接岸するのも待ちきれず、トウゴたちは桟橋に飛び降りた。

「その子たちを頼みます！」

コジロウも叫び、追ってこようとするダイとメイを、そしてレンを、ほかの同乗者たちにまかせてトウゴたちに続いた。

☆

湾を避けて島の裏側に回ったのは直感からだった。

囚人島を望み、舵のきかないスピードボートの終点を悟ったハジメは、即座にカリスに変身して渦へと身を躍らせた。

海面に比べて海中の潮の流れは強くない。餌と勘違いして集まってきた鮫《さめ》の群れをかわして大きく迂回《うかい》し、島の裏側にそそりたつ断崖の根元に近づいた。

用心深く海上に顔を出し、ジョーカーとなって断崖を這《は》い上がりはじめる。

カマキリのように特化した手足が岩肌の突起をつかんでからだを引き上げ、オーバーハング状の断崖を難なく登攀《とうはん》していく。

俺は今ジョーカーを完璧にコントロールしている。かつてその本能に苦しめられたけだものを完全に自分のものとしている。

カリスは満足し、この先に待ち受けているだろう過酷な運命をつかの間忘れた。

☆

ハジメが二段階に姿を変えたあの異形《いぎょう》の者が断崖を登っていくのが見えた。

「ハジメ……！」

逆巻く渦の手前でスピードボートを停めたサツキは、アタッシュケースのなかのベルトとカードを手にした。

何をしているのか、自分でもわからなかった。ハジメを追って天蓋都市《てんがいとし》をあとにしてから、少しずつサツキの意識は混濁していた。

「ダ・サツキ……バカヤロウ！」

俺の背中に声をぶつけてきたのはだれだったか。

思いだせない。ほんのついさっきまで覚えていたはずなのに。思いだせない。そもそもそんな声はきかなかったのではないか。そう思うと、濁った水が澄みわたるような気もする。そうだ。そのとおりだ。そんなことはなかったのだ。そうに違いない。

俺にきこえるのは轟々と鳴るこの海だけだ。見えるのはあの異形のけだものだけだ。

いつかきいた声が再び脳裏に響いている。

「戦え、ムツキ！　戦え、レンゲル！　カリスを倒せ！」

ムツキ。それが俺の名前か。そうか、そうだった。俺はムツキだ。そして、俺はレンゲルだ。俺は戦い、あいつを倒す。俺はカリスを倒す。倒す。

瞬間、何者かが俺のなかに入ってきた。

ベルトが装着され、エネルギー波を通過して、俺はレンゲルとなる。

☆

「……変身……！」

自分のなかの何者かにつき動かされるまま、タチハラはギャレンとなった。

同時に、中空から封印の石に向かって急降下してきた影を迎え撃つ。

いつか夢で見た自分とは違うもう一人の異形の者。ブレイド。その認識も、しかしすぐに薄れていく。

「……ギャレン！　タチバナさん……？」

地面に叩《たた》きつけられたブレイドが愕然《がくぜん》とこちらを見ていた。

「……タチバナ……タチバナ……」

その言葉が、その名前が意識に沁《し》みとおっていく。

「……そうだ……そのとおりだ……俺は……タチバナだ！」

俺のなかの何者かがそう叫ぶ。

それ以外のだれも、俺のなかにはもういなかった。

「サエコ……いや、サヨコ、見ていろ。おまえを巻きこんでおまえを死に追いやったブレイドを抹殺してやる！」

ブレイドにさらなる攻撃を見舞い、のけぞらせ、叩き伏せる。

だが、ブレイドは無抵抗のままだった。

「……ギャレン……？　タチバナ……？」

先刻の自分の言葉に、自身で困惑しているようだった。

「……だれだ、それは……思い……だせない……」

頭を抱えてよろめくように膝をついたところを、ギャレンは鋭く蹴り上げた。

三メートルほど吹っ飛んだブレイドが金色の光に包まれ、その姿を変えようとする。

「……キングフォーム……！」

無意識に認識し、無意識に波動を放った。

波動は褐色のカーテンとなってブレイドを包みこみ、さらなる変身を阻《はば》んだ。

ブレイドが身もだえてカーテンが散らばり、それがカラスほどもある褐色のクワガタの群れだと知れる。鋭いあごがブレイドの目や鼻や耳を突きまくる。

「……死ね……ブレイド……！」

吐きだされた酷薄な自分の声を、ギャレンはきく。

☆

断崖の頂まであと三メートルのところで襲われた。

蜘蛛《くも》のように特化した動きで這い上がってきたレンゲルが、片手でダガーを振るい、叩きつけてきたのだ。

大きくのけぞりながら、ジョーカーのなかのカリス、いやハジメは、三百年ぶりのレンゲルとの邂逅《かいこう》に愕然となった。

「レンゲル！　まさか、ムツキ……いや……もしかして、サツキか？」

眼下の渦に、自分が乗ってきたものと同型のスピードボートがのみこまれて消えるのが見えたのだ。

「しかし、どうして……？」

困惑する間もなく、さらなるレンゲルの攻撃を食らって十数メートルを落下、かろうじて岩の突起をつかんでぶら下がった。

そこへ、緑色の蜘蛛の群れが四方からさざ波のように押し寄せてきてからだ全体を覆《おお》いつくす。毒牙が耳元で鳴り、毒液がしたたり、光っている。

「……死ね……カリス……！」

奈落の底からきこえてくるようなレンゲルの声がした。

☆

封印の石が笑っている。

リキヤやコジロウといっしょに丘を駆け上がったトウゴは、たしかにその石板から放たれる嘲笑《ちょうしょう》をきいた気がした。

「ブレイド！」

リキヤが叫び、トウゴは驚いて見た。

ブレイドを苦しめているのは、もう一人の仮面ライダーだった。

「ギャレン……！」

コジロウが叫び、トウゴも確信した。

クワガタをモチーフにしたその褐色のボディは、モノガタリに登場する四人のライダーのなかの一人に違いなかった。

「ということは……どこかにカリスやレンゲルも……マジで？」

コジロウが茫然《ぼうぜん》と見回す。

褐色のクワガタの群れにまとわりつかれたブレイドが、ギャレンの連続攻撃に吹っ飛ばされ、叩きつけられる。

そのブレイドの口から、うめき声とともに意味不明の言葉がもれた。

「……俺を……狂わせるな……狂わせないでくれ……！」

瞬間、ブレイドが脱皮でもするかのようにその姿を変えた。

基本モチーフであるヘラクレスオオカブトをまがまがしく変態させたかのような邪悪そのものの相貌《そうぼう》だった。

「あれは……ジョーカー……！」

コジロウの啞然《あぜん》とした声に、トウゴは思いだした。

モノガタリの終盤に登場するジョーカー。カリスの正体でもあり、人類を救うためにブレイドもまた自ら同じ存在となった。

そして、カリスもブレイドもその強靭《きょうじん》な意志でジョーカーの持つけだものの本能を抑えこみ、戦いを拒否して袂《たもと》を分かった。

それが、あのモノガタリのラストシーンだった。

雌雄を決すべき宿命を背負った二人のヒーローが、その宿命に背いて選んだ自らの結末に、トウゴは泣いた。何度も何度も、何度も何度も読んで泣いた。

そのブレイドが、いやジョーカーが絶叫した。

鼓膜を突き刺す波動に、トウゴたちは耳を塞ぎ、そして見た。

ブレイド・ジョーカーのからだに群がっていたクワガタたちが、青い炎を上げて燃えはじめたのだ。ボトリ、ボトリと剝がれ落ちるように消失していく。

ブレイド・ジョーカーの目がこれまで見たこともない光を放った。

狂ったけだものの目だった。

☆

「ふざけるな！」

からだの奥から怒りの熱が放出され、カリスは自分の絶叫をきく。

直後、蜘蛛たちが炎上し、ボトリボトリと剝がれ落ちはじめた。

カリスは戦慄する。

意志と無関係にけだものの記憶がよみがえり、いまわしい予感が訪れる。

だめだ。狂うな。俺はジョーカーを完全にコントロール下においていた。そのジョーカーが再び暴れだそうとしている。俺の意志を、命令を無視して。勝手に。

いや、違う。じつはこれこそが俺の望んだことだったのではないのか。ジョーカーこそが俺なのではないか。それこそが真実ではないのか。

激しく心を揺さぶられる自分に、カリスはそのとき気づいた。

統制者の企みがはっきりと見えたのだ。

三百年前、俺はジョーカーを封じこめ、コントロールすることに成功した。自在に使えるようになった。文字どおり、カードのように。

ケンザキも同じだったはずだ。

統制者はそれを狂わせようと謀った。

そのために、サツキをレンゲルに変身させ、俺にぶつけてきたのだ。

ということは、今ごろどこかでケンザキに、ブレイドに、だれかに変身させたギャレンをぶつけているのではないか。

「ふざけるな！」

今や怒りの矛先ははっきりと一点をさした。

統制者よ、貴様の思いどおりにはならない。

俺は狂わない。ジョーカーには、いや、けだものにはならない。絶対にならない。

ケンザキ、どこにいる。ケンザキ。俺は狂わない。だから、おまえも狂うな。狂うな、ケンザキ。ケンザキ。

薄れようとする意識に、カリスは懸命にあらがった。

あらがいながら、レンゲルの攻撃をかわしてからだを反転させ、断崖を蹴った。

そして中空で、カリスの最強形態、ワイルドカリスとなった。

☆

ブレイド・ジョーカーの攻撃は容赦がなかった。

最初の一撃で吹っ飛んだギャレンを追って連続攻撃を叩きこみ、立ちあがるのも許さずに踏みつけ、蹴りつけ、執拗《しつよう》に踏みにじった。

攻守入れ替わったギャレンはうめき声もあげられず、されるがままになっている。

「やめて、ケンザキ！　ブレイド！」

「あれはケンザキでもブレイドでもない。ジョーカーだ。けだものだ！」

コジロウの言葉に、トウゴは茫然となった。その気持ちの底から、火のような怒りがわき上がってきた。

「ふざけるな！」

自分でもわからない衝動にかられ、トウゴは足元の石を拾って投げつけていた。

あそこからきこえた笑い声がケンザキを、ブレイドを狂わせている。そして、ギャレンをも操っている。ブレイドの敵はギャレンではなく、封印の石だと直感したのだ。

「ふざけるな！　ふざけるな！」

いくつもいくつも石を拾っては投げつける。

ブレイドの敵は僕の敵だと思った。理不尽な世界をつくった自分たちの敵だと思った。最初呆気《あっけ》にとられていたリキヤとコジロウも、すぐに同調して投げはじめた。

「なんだか知らないけど、ふざけるな！」

「正体を現せ！　なんなんだ、貴様は？　なんなんだ！」

数十個もの石をぶつけられても、封印の石はなんの反応も示さなかった。

かたや、ブレイド・ジョーカーの狂気は高まるばかりだった。

無抵抗のギャレンの首をつかみ、ハンギングするように掲げる。

ギャレンの変身が解かれ、ケンザキと同世代の男の姿が現れた。目を閉じたままぐったりとしている。

その生身のからだに、ブレイドが鉄拳を叩きこもうとする。

「やめろ……やめろ、ブレイド！」

トウゴは絶叫した。

ふいに封印の石が反応した。嘲笑が、勝ち誇った哄笑《こうしょう》に変わったのだ。

その声は、リキヤとコジロウにもきこえたらしい。石を投げるのも忘れ、呆気にとられて立ちつくしている。

響きわたる哄笑のなか、トウゴたちの足元が消えた。

☆

断崖を蹴ったワイルドカリスは、素早くレンゲルの背後にまわってその後頭部にエルボーを連続して叩きこんだ。

「俺は狂わない。ワイルドカリスの力でジョーカーを抑えこみ、この手で統制者の野望を砕いてやる!」

ワイルドスラッシャーをカリスアローにジョイントし、射る。断崖の頂に突き立った矢から伸びたワイヤーをつかみ、ぐったりしてずり落ちようとするレンゲルを抱えて一気に駆け上がった。

レンゲルの変身が解け、思ったとおりサツキの顔が現れた。

断崖の頂に立つと同時に、地面が消えた。

☆

静寂がのしかかってきた。

薄闇に目がなれると、そこは半壊した地下神殿のような空間だった。すえた匂いから、遺跡化したカタコンベのようにも思える。

ひび割れた石柱が高く闇に溶けて見えない天井を支え、瓦礫《がれき》と化した石段がかろうじてかつての栄華を窺《うかが》わせている。

でも、それらはトウゴが知っているどんな歴史的建造物にも似ていなかった。形も違えば、サイズもすべて巨大すぎる。

なんなんだ、これは。どこなんだ、ここは。

トウゴの横にリキヤ、少し離れてコジロウが倒れていて、トウゴと同じように茫然と周囲を見回しながら起き上がろうとしていた。

「ケンザキ！」

叫んだのは、トウゴたちではなかった。

魔法陣のように配置された瓦礫のまんなか、祭壇にも見える場所で、ギャレンに変身していた男とはまた別の男がケンザキと対峙《たいじ》していた。叫んだのは、その男だった。

「わかるか、ケンザキ？　俺だ」

ゆっくりとケンザキに近づき、手を伸ばす。

ぼんやりと見返したケンザキが、瞬間、天敵に出くわした小動物のようにビクリと反応して身構えた。

「……だれだ、おまえ？」

「三百年前、おまえといっしょに戦ったアイカワハジメ……カリスだ」

さすがにトウゴは驚いて、リキヤたちと顔を見合わせた。

「三百年……！」

「カリス……同じ、だよね、コジロウ？」

「ああ……モノガタリとまったく同じだ」

ということは、ケンザキもハジメと名乗ったこの男——カリスも、ともに三百年以上の時間を生きてきたことになる。だとしたら、当然二人は人間じゃない。アンデッドだ。

ケンザキは、アンデッドだった。

でもなぜか、トウゴは驚かなかった。だからなんなんだと思った。

ほんとうにモノガタリのとおりなら、ケンザキは自分から人間を捨ててアンデッドになることでかつてこの星を、人類を救った。間違いなくヒーローだった。

「もしかしたら……」

トウゴは近くに横たわっている別の二人に気づいていた。

さっきまでギャレンだった男と、ケンザキよりも年下に見えるもう一人の男。

コジロウが興奮した声をあげる。

「ひょっとして……四人の仮面ライダーがそろった？」

トウゴもそう思った。たぶん、いちばん若いこの男がレンゲルに変身していたのだろう。

「すげえ……すげえじゃんか！」

リキヤも叫んだ。

でもどうして二人は昏倒《こんとう》しているのだろうか。これもあの封印の石のせいなのか。彼ら二人はケンザキたち二人とは違うのだろうか。

「俺だ。ハジメだ、ケンザキ。思いだせ、ケンザキ！」

ハジメの伸ばした手が、ケンザキの腕に触れようとしていた。

「おまえと俺とタチバナとムツキと、四人で戦ったあの戦いを思いだせ、ケンザキ！」

その手がついにケンザキの腕をつかんで揺さぶった。

「ケンザキ……ケンザキ！」

刹那《せつな》、ケンザキの目に狂気が宿った。

すさまじい雄たけびが上がり、ハジメの手が振り払われる。

腰にベルトが現れ、エネルギー波を通過してブレイドとなり、さらにまがまがしいブレイド・ジョーカーとなってハジメに襲いかかった。

「やめろ、ケンザキ！」

すんでのところでその攻撃をかわしたハジメが、一瞬で変身してライダーとなり、さらにその姿を別のフォルムに進化させた。

「カリスだ！　しかも、その最強形態のワイルドカリス！」

コジロウが叫び、トウゴはモノガタリを思いだした。カマキリをモチーフにした仮面ライダーカリス。その最強形態ワイルドカリスは、自らの力でジョーカーを抑えこめるとたしか書かれていたはずだ。

まさか、ライダー同士が、かつての仲間が戦うのか。

だが、ワイルドカリスは、ブレイド・ジョーカーの攻撃をことごとくかわし、いっさい反撃しようとしなかった。

「ケンザキ、俺はおまえと戦いたくない！　そんなことをしたら、あのとき、三百年前のあのとき、おまえが自ら人間を捨ててアンデッドに、ジョーカーになった意味がない。ないんだ、ケンザキ！」

ブレイド・ジョーカーの攻撃はやまなかった。その攻撃も秩序立ったものではなく、効果などまるで無視しためちゃくちゃなものだった。狂っていた。

予測不能でかわしきれず、ワイルドカリスが攻撃を食らう瞬間もあった。それが次第に増えつつあった。それでも、ワイルドカリスは応戦しなかった。

「思いだせ、ケンザキ！　おまえがあのとき言ってくれたんじゃないか、この俺に。人間のなかで生きろ。生き続けろと。おまえのその言葉があったからこそ、俺は今まで生きてこれたんだ。忘れたのか、ケンザキ？　思いだせ、ケンザキ！」

そこへブレイド・ジョーカーの攻撃が叩きこまれ、ワイルドカリスは大きく吹っ飛ばされ、石柱に叩きつけられた。

石柱に亀裂が走り、ぐらりと揺れる。見えない天井から砂塵《さじん》が舞い落ちてくる。

「……思いだせ……ケンザキ……思いだしてくれ……ケンザキ……！」

うめき、あえぎ、よろめき立ったワイルドカリスに、なおもブレイド・ジョーカーの容赦ない連続攻撃が見舞われる。

「もう……もうやめて、ブレイド！　お願いだよ……ケンザキ！」

トウゴは叫んだ。涙を流し、声をかぎりに叫んだ。

だが、ケンザキの耳には、ブレイドの胸には届かなかった。

リキヤもコジロウも茫然と立ちつくしたままだった。

のけぞり、叩き伏せられ、右に左になぎ倒され、それでもワイルドカリスは無抵抗だった。必死に立ちあがり、必死にブレイド・ジョーカーに訴え続ける。

「……二体のアンデッドが存在すれば、バトルファイトの決着はつかない……だから、ケンザキ、おまえは自らアンデッドになった……そして、その二体が、俺とおまえが戦わなければ、永遠に決着をつけなければ、地球が滅びることはない。だから……だから、俺たちは二度と会っちゃいけない、近づいちゃいけないと、おまえは俺の前から、みんなの前から立ち去った……ケンザキ、おまえが地球を、人類を、この星の生きとし生ける生命を救ったんだ！　思いだせ！　思いだせ、ケンザキ！　ケンザキ！」

　ワイルドカリスの絶叫に、神殿がびりびりと震えた。

　石柱に新たな亀裂が走り、あちこちから砂塵が降ってくる。

　ブレイド・ジョーカーの攻撃がやんでいた。

「……アンデッド……バトルファイト……永遠……決着……地球……滅び……人類……生きとし生ける……生命……」

　顔を歪め、頭を抱え、懸命に記憶をたどっているようだった。

　だが、激しく苦悶《くもん》するだけで、ブレイド・ジョーカーのなかに過去がよみがえってくる様子はなかった。

　あの哄笑が響きわたった。おかしくておかしくてたまらないという笑い声だった。

　そして、闇のなかからアンデッドが大挙して出現した。

　鉄の爪を振るい、牙を剝《む》いてブレイド・ジョーカーに襲いかかる。

　一瞬反応が遅れたブレイド・ジョーカーがその攻撃をまともに食らってのけぞり、吹っ飛ばされる。傷口から、アンデッドの証である青い体液が飛び散った。

「おい、ちょっと待った！」

　コジロウがびっくりしたように叫んだ。

「マザーアンデッドは倒したはずなのに、なんでこいつらが出てくるんだ？」

「倒す前に生まれてた奴らとか？」

リキヤが答え、トウゴはキングフォームのブレイドに倒されてデッキから海に落ちたマザーアンデッドを思いだす。

「もしかしたら、あのとき死んでなかった、とか……」

そこへ、闇のなかから雄たけびとともにそのマザーアンデッドが出現した。羽ばたく翼の風圧で瓦礫が舞い上がり、トウゴたちにも降りかかってくる。

悲鳴をあげてトウゴたちは物陰に転がりこんだ。

神殿を覆う砂塵のなか、ブレイド・ジョーカーが立ちあがる。炯々《けいけい》と目を光らせ、獲物を求める獰猛《どうもう》な肉食獣のような唸《うな》り声をもらしながら。

そのあとは一瞬だった。

ブレイド・ジョーカーが駆け抜けると、砂塵が青い体液で染まり、アンデッドたちがバラバラに引き裂かれて飛散した。

続いて、マザーアンデッドに襲いかかる。

そのマザーアンデッドもまた怒り狂った声をあげて応戦する。

激突の波動に、トウゴたちはよろめき、尻餅をつく。

そして、ワイルドカリスが吐きだす声をきいた。

「なぜだ……どうしてだ？　アンデッドが二体だけになってこそのジョーカー対決じゃな

かったのか？　何かが……何かが狂っている。いや、違っている。ここは……もしかして

ここは……地球じゃないのか？」

コジロウが弾かれたように反応する。

「そうだ……そうなんだよ！　俺も、ずっともしかしたらって考えてたんだ。感じてたんだ。ここが地球じゃなければ、すべての謎が解けるんだ。けど……けどだったら、ここはどこなんだ？　どうしてここにいるんだ、俺たちは？　いったい、いつ、どうやってここにきたんだ、俺たちは？」

何を言っているのか、最初はわからなかった。

「どういうことだよ、コジロウ？」

リキヤもキョトンとした顔になっている。

ふいに、トウゴのなかに怖ろしい推測が生まれた。

「……まさか……もしかしたら……？」

「なんだよ、トウゴ？　何がまさかだよ？　何がもしかしたらだよ？」

そのとき、ブレイド・ジョーカーの一方的な攻撃にさらされていたマザーアンデッドが、ついに絶叫をあげて倒れ、消失した。

そのブレイド・ジョーカーに、一瞬ブレイドの姿が重なり、さらにケンザキの姿が重なってかすれた声がもれ落ちた。

「……タチ……バナさん……ム……ツキ……」

依然として倒れたままの二人の男を、ケンザキはぼんやりと見やっていた。

「いや、違う、ケンザキ。その二人は……」

首を振りかけたワイルドカリスが、唖然とケンザキを見つめた。

「まさか……記憶が戻ったのか、ケンザキ？」

トウゴたちも驚いて顔を見合わせる。

「マジで？」

「ほんとうに思いだしたのか？」

「ケンザキ！」

思わず駆け寄ろうとするトウゴを、リキヤが押さえる。

「危ない、トウゴ！」

「離せ、リキヤ！」

リキヤを振りきり、トウゴはケンザキの腕にすがりついた。

だが、そこまでだった。

「……頭が……痛い……思いだせない……！」

苦悶するケンザキに、ブレイドの姿が重なり、そして再びブレイド・ジョーカーの姿が重なって固定された。

「離れろ！」

ダッシュしてくるワイルドカリスを阻んでそのとき、闇のなかから哄笑とともにあの封印の石が出現し、突き立った。

瞬間、大いなる闇がトウゴを捕らえる。

「トウゴ！」

「トウゴ！」

リキヤとコジロウの声が急速に遠ざかる。

そして、トウゴは幻視する。

すがりついたブレイド・ジョーカーとともに封印の石のなかに取りこまれ、封印の石ごと巨大な漆黒《しっこく》のアンデッドに変態するのを。

神殿を揺るがし、はるか高みから見下ろしてリキヤたちに襲いかかる。

ワイルドカリスが、みんなをかばって応戦しようとしていた。

「そんな……やめて、ケンザキ……やめて！」

つないだ手の先にいるはずのブレイド・ジョーカーにトウゴは叫んだ。

闇のなかでは、視覚でもなく聴覚でもなく、無意識の意識で、トウゴはケンザキとつながっていた。そう感じた。

ケンザキの声にならない声がきこえる。

声は抵抗していた。明らかに自分の行動にあらがっていた。

だから、この手を離すな。トウゴは自分に命じた。この手を離したら、僕はケンザキを失ってしまう。この手を離すな、トウゴ。絶対に離すんじゃないぞ。

ケンザキの苦しみ、戻りそうで戻らない記憶に、トウゴは呼応する。

「思いだして、ケンザキ！　目を覚まして、ケンザキ！　ケンザキ！」

声にならない声でトウゴも叫んだ。

叫び続けた。

第十章　炎の黙示録《もくしろく》

漆黒《しっこく》のアンデッドを見上げたワイルドカリスは直感していた。

あのなかには、ジョーカーとなったブレイドとトウゴと呼ばれた少年が取りこまれている。うかつに反撃はできない。それこそが封印《ふういん》の石の、統制者の狙いだろう。

役割は終わったということなのか、サツキとギャレンに変身していたらしいもう一人の男は依然として昏倒《こんとう》したままだった。

ワイルドカリスは、統制者に対する煮えたぎる怒りを、憎悪を意識する。

漆黒のアンデッドが巨大な腕をひと振りするだけで、壁や石柱が崩れ落ち、リキヤという名の少年とコジロウという名の青年が悲鳴をあげる。

それをかばい、ワイルドカリスは全身で瓦礫《がれき》を受けとめる。

「お願いだよ、ワイルドカリス！　トウゴを助けて！　ケンザキを助けて！」

すがりついてきたリキヤの目に涙があふれていた。

「そうか……そうだったのか！」

弾かれたようにコジロウが叫んだ。

「もしかして、俺にモノガタリを書かせたのは……たぶんきっと……」

そこにあの嘲笑《ちょうしょう》が響きわたり、コジロウが恐怖に口ごもる。

もちろんワイルドカリスにもわかっていた。モノガタリがどんなものか知らないが、だれがなんのために書かせたのか、それは明白だった。

俺たちがここにいざなわれたのとまったく同じ意図に違いない。

だが、俺はそんな狙いどおりにはならない。なってたまるか。

「心配するな。ケンザキは、この俺が助ける。かならず助ける！」

三百年前、ケンザキは俺を信じてくれた。ジョーカーの本能をコントロールできずに翻弄されていた俺を最後まで信じてくれた。

今度は俺の番だ。俺はケンザキを信じる。三百年、ケンザキもジョーカーをコントロールしてきたはずだ。人間を捨て、自らジョーカーとなったその強さで。ケンザキにそれを取り戻させてやる。ワイルドカリスは誓っていた。

リキヤを見つめ、うなずいてみせたそのとき、脱皮するかのように漆黒のアンデッドに翼が生え、大きく羽ばたいた。

すさまじい風圧に瓦礫と砂塵《さじん》が舞うなか、飛び立とうとするそのからだにワイルドカリスはジャンプしてしがみついた。

「逃がさん！」

だが、一瞬後には振り落とされ、石柱に叩《たた》きつけられて瓦礫の下敷きになりかける。

「ワイルドカリス！」

リキヤが駆け寄り、コジロウが声をあげる。

「見ろ！　アンデッドが！」

悠然と浮上した巨大なからだが、見えない闇の天井へと溶け去るところだった。

「消えた……！」

「どこへ行ったんだ……？」

瓦礫を払いのけたワイルドカリスは、まっすぐに闇を見据えて立ちあがる。

「ケンザキ……！」

☆

トウゴは幻視する。

ブレイドとトウゴを取りこんだ漆黒のアンデッドが、空を翔《か》け、いまだ水没を免れているあちこちの島々に紅蓮《ぐれん》の炎を放ち、劫火《ごうか》に包んでいくのを。

少ないながら住民たちが残っている島もいくつかあった。彼らの逃げ惑う姿が見え、悲鳴がきこえた。

「やめろ……やめろ！」

トウゴは叫んだ。でも、だれに向かって叫んでいるのだろう。

封印の石か、統制者と呼ばれる存在か。

それとも、この漆黒のアンデッドに取りこまれ、一体化したブレイド・ジョーカー、ケンザキか。あるいは、トウゴ自身に向かってなのか。

そのケンザキの意志が、さっきから感じられなくなっていた。手はつないでいるはずなのに、心が届かなかった。ケンザキの心が遠い。果てしなく遠い。

船が見えた。

一隻ではない、あちこちの海を数十隻の船が航行していた。大小さまざま、いずれも老朽化していて、すしづめに近い状態で人々が乗り合わせている。

トウゴにはわかった。出発地こそバラバラだが、目的地は同じだということが。

「……天蓋都市《てんがいとし》が滅びました……南極を解放します……！」

あのラジオからの女の声がよみがえる。

それぞれの船に、人々の輝く顔が見えた。辛酸の航海の果てについに見えた希望に、アララト山に、オリーブの枝に向かって心を躍らせているのがわかった。

ふいに漆黒のアンデッドが反転し、急降下をはじめた。海面が迫る。船が迫る。

「まさか……やめろ！　やめろ！」

人々の顔が恐怖に変わり、悲鳴があがる。

☆

次々に島が炎上し、次々に船が難破する。交錯する阿鼻叫喚《あびきょうかん》の光景が、ワイルドカリスたちの眼前にホログラフィのように映しだされていた。

「そんな……嘘だろ……？」

「なんてことを……なんてことを！」

リキヤとコジロウが悲痛な叫び声をあげて立ちつくしている。

地獄図をつくりだしているのは、まぎれもない漆黒のアンデッドだった。

あのなかには、ケンザキとトウゴが取りこまれている。

震える拳を、ワイルドカリスは握りしめた。

俺が止めるしかない。俺が戦うしかない。ようやく決意した。まさにそうさせるためにこの映像を見せつけているのだと悟り、憤怒は頂点に達した。

それを察知したかのように、闇のなかから巨大な石板《せきばん》が出現し、音もなくワイルドカリスの前に突き立った。

「なんだ、これ……？」

「封印の石がもうひとつ……！」

波動を受けたリキヤとコジロウが腰を抜かしている。

ワイルドカリスはそれに耐え、石板を凝視した。

あの封印の石と同様、奇妙な形にねじれていたが、色が違った。鮮血をしたたらせたような、それは真紅の石板だった。

「……我は統制を乱すもの。惑わすもの。覆すもの。我が名は……破壊者！」

響きわたる声が、誇らしげに宣言する。

「統制者と、破壊者……？　それって、神と悪魔ってことじゃ……？」

慄然《りつぜん》ともらされたコジロウの声が、ふいに遠ざかる。

そして、ワイルドカリスは幻視する。

真紅の石板が自分を取りこんで、巨大な真紅のアンデッドに変態するのを。

「リキヤ、コジロウ！　その二人を頼む！」

真紅のアンデッドのなかで、無意識の意識で、ワイルドカリスはいまだ昏倒したままのサツキたちを見下ろす。

驚きながらもリキヤとコジロウがこちらを見上げてうなずいた。

同時に、真紅のアンデッドに翼が生え、大きく羽ばたいて闇へと飛びこんでいく。

漆黒のアンデッドを、ブレイド・ジョーカー、ケンザキを追って。

☆

吹きすさぶブリザードのなかを飛んでいた。

自分の姿は見えないのに、そのトウゴを取りこみ、まがまがしく翼をはためかせる漆黒のアンデッドの姿はなぜかはっきりと見ることができる。

寒さも冷たさも感じない。ただ速度だけを感じた。このまま氷の塵《ちり》になって溶けていくのかもしれないと思った。

海原が途切れて、灰色の大陸が現れた。

その中央に巨大な天蓋とそれを支える長大な壁が見えて、トウゴは愕然《がくぜん》となった。

「まさか、南極を……天蓋都市を？　やめて！　やめさせて、ケンザキ！　あそこは僕たちに残された最後の希望なんだ！」

だが、ケンザキは答えず、漆黒のアンデッドが急降下を開始する。

☆

真紅のアンデッドが光速を超えるのがわかった。

そのなかに取りこまれつつ、ワイルドカリスはジョーカーを抑え、自らの意志で一体化していた。

ブリザードが強まり、極地が近づいたことが知れた。

☆

漆黒のアンデッドが天蓋都市に向かって突っこんでいくのを、トウゴはそのなかでなすすべなくただ見ているしかなかった。

思わず目を閉じそうになったそのとき、真紅の閃光が走った。

すさまじい衝撃に、漆黒のアンデッドが大地に叩きつけられたことがわかった。

その眼前、天蓋都市を背にもう一体の真紅のアンデッドが立ちはだかっている。

「そこまでだ！」

ブリザードをついてきき覚えのある声が響きわたった。

「まさか……？」

真紅のアンデッドに取りこまれているのは、ワイルドカリスなのか。

だが、ケンザキと違ってその意識ははっきりと感じられた。ふつふつと怒りがあふれでている。間違いない。ワイルドカリスは自分の意志で動いている。

ふいに漆黒のアンデッドが反応した。

つないだ手から、ケンザキの心から、邪悪な思念がまがまがしく伝わってくる。

「だめだよ、ケンザキ！」

とっさに叫んだが、遅かった。

漆黒のアンデッドが跳ね起き、真紅のアンデッドに襲いかかった。

☆

急造されたと思しき門が壁の一角で開いて、天蓋都市の住人たちが何ごとが起こったのかという顔で出てきた。

その最前列に、アズミが見えた。

「出るな、アズミ！　門を閉めろ！」

漆黒のアンデッドの攻撃をかわした真紅のアンデッドのなかから、ワイルドカリスは叫んだ。

その声に、アズミが愕然と見上げる。

「ハジメ……ハジメなの？　いったい、どうして……？」

「早くしろ！　門を閉めろ、アズミ！」

開いた門に向かって突進しようとする漆黒のアンデッドを、真紅のアンデッドがはがいじめにして押さえる。

「わかった！　みんな、なかに入って！」

アズミの指示で閉められた門扉が、怒り狂う漆黒のアンデッドから吐きだされた炎を間一髪遮断《しゃだん》する。

☆

アズミと呼ばれたあの女の人の声に、トウゴはきき覚えがあった。

世界に向かって南極を解放すると宣言したラジオの声だ。希望の声だ。

その天蓋都市への侵入は危うく阻止されたが、漆黒のアンデッドの狂乱は今や頂点に達しようとしていた。激しくもがき暴れて、四方八方に炎を吐き散らしている。

だが、ただ狂っているのではなかった。

そのなかで、明らかにケンザキが苦しんでいた。ジョーカーの呪縛に押しつぶされそうになりながら、必死にあがいていた。

それが、ケンザキの手を通してトウゴに伝わってくる。痛いほど押し寄せてくる。

「負けるな……負けるな、ケンザキ！　ケンザキ！」

☆

ふいに、はがいじめにされたまま漆黒のアンデッドが高々と舞い上がる。

ブリザードを越え、はるか高み、成層圏まで翔け上がり、三つ並んだ月が大きく見えてくるや、反転、真紅のアンデッドを下にして落下しはじめる。

計算ではない、本能的なけだものの反撃だった。

だが、ワイルドカリスは逃げない。

超高速で落下しながら、ブリザードに包まれた真紅のアンデッドが凍りつくにまかせて叫んだ。ブレイドの、ケンザキの心に届けと叫んだ。

「会ってはいけない、そう思いながら、ケンザキ、俺はおまえに会いたかった！　同じ苦しみを持つおまえに！　だが、俺の苦しみなどいかほどのことでもなかった。俺と違い、おまえは人間を捨てたのだから！　だからそれは、俺の弱さだ。もしもそれを利用されたのだとしたら、それは俺の罪だ！　今こそ、俺を罰せよ！　罪をあがなわせよ！」

☆

ブレイド・ジョーカーが、ケンザキが泣いているのにトウゴは気づいた。

気づいたとたん、トウゴも泣いていた。

落下が続いている。すさまじい速さで続いている。氷の大地が迫る。それでも、真紅のアンデッドは、ワイルドカリスは逃げない。

「おまえがさまよい、記憶まで失くした苦しみに、この俺も連れていけ！　同じ海に、同じ荒野に、この俺も連れていけ！　一人で苦しむな！　俺も苦しめろ！　いっしょに苦しめろ！　おまえの苦しみに、おまえの煉獄《れんごく》に、この俺も連れていけ！」

ケンザキが吠《ほ》えた。

狂気ではなく、悲しい遠吠えのような身もだえするような絶叫だった。

そして、ケンザキの記憶が、三百年が、怒濤《どとう》のようにトウゴのなかに流れこんできた。

最初は行き先も決めず、考えず、ただ、さまよった。一ヵ所に長居すれば、年齢を重ねることがなく、この身の時間が止まっていることが明らかになってしまう。だから、次から次へと場所を変え、さまよった。ただ、さまよった。ひたすらさまよい続けた。苦しみはすぐにやってきた。死ねない苦しみだった。犯罪の多発する地域をうろつき、凶悪な犯罪者に遭遇することを願った。実際、何度か襲われたりもした。重傷を負って路上に放置され、だれもが見て見ぬふりをしていきすぎたが、しかし死ねなかった。剝げたアスファルト。自分の血の匂い。赤くはなく、青い証。死ねない証。油田火災の消火や沈没船のサルベージなど死と隣り合わせの仕事に就き、だれもが躊躇《ちゅうちょ》するような危険な任務を請け負ったりもした。砂の匂い。油の匂い。肉の焦《こ》げる匂い。潮と油の混ざった匂い。もちろん死ねなかった。それを知りながら、それでもどこかでもしかしたら死ねるのではないかと期待し、死にたいと願い続けた。死を請い続けた。その果てに、当然の帰結のように、我が身を戦場におくようになった。戦場カメラマンになって、死を写した。レンズ。凍結した死。バラバラの死体。蛆《うじ》。認識票。弾痕。従軍記者になって戦禍を伝えた。より危険な場所へ、より最前線へと自ら飛びこみ、惨状を伝えた。評判になると、場所を変えた。外人部隊に入隊して、危険な斥候などを志願し、地雷原を行き、噴き飛ばされたこともあった。重体にもなった。だがもちろん、死ねなかった。自殺志願者とはいっしょに戦えない、死神だと忌避され、嫌悪され、望むところではあったがすべての戦友が去った。気味悪がられ、怖れられ、畏怖された。ひとりぼっちの兵士。死ねないコマンド。テロ頻発地域や紛争地区で地雷や不発弾処理をかって出た。ハート・ロッカー。故意にミスを犯したい誘惑にかられたが死ねないことはわかっていた。死とともにあろうとして、逆に苦しみは増した。だれか俺を殺してくれ。死なせてくれと叫んだ。すべてがむなしかった。なにより、三百年のあいだこの地上から戦火が消えることはなかったから。戦争がなくなることはなかったから。死がなくなることはなかったから。それでも自分だけは死ねなかったから。だれが死んでもどんなに死んでも、俺は生き残った。俺だけは死ねなかった。殺してくれ。死なせてくれ。祈り、願い、叫びながら、この星の果てから果てまで歩いた。さまよい続けた。せめて狂ってくれとおのれに願った。だが、狂えなかった。狂うことさえできなかった。自殺の誘惑。銃口の味。鉄の味。血の味。棺。墓標。肉片。死体。破壊。損壊。内臓。壊れた心。自爆。ボディバッグ。ちぎれた手足。ちぎれた心。後悔。懺悔。腐った心。腐った死体。死体。死体。死体。死体。そんなとき、泥濘《でいねい》のような内戦が続くある小国で、少年兵の銃口に身をさらすことになった。十歳になったかならないくらいの子どもが、しがみつくようにして構えたライフルをこちらに向けていた。もっと幼いころにゲリラに誘拐されて殺人の技術だけを教えこまれて育った小さな戦闘機械。ジャラジャラとさげている首飾りは切り取られた人間の指。殺した敵の指。戦利品。逃げる必要などなかった。撃たれたところで俺は死なない。死ねない。だから撃たれようとした。そのときだった。少年が泣きだした。そう見えた。だが、違った。泣いているのではなかった。笑っている。泣きながら笑っている。狂っていた。発狂していた。泣いて、狂って、笑って引き金を引こうとするのを見てやめさせた。銃を取り上げて抱きしめた。ただ無言で抱きしめた。俺の腕のなかで少年はいつまでもいつまでも笑い続けた。そして、死んだ。狂い死んだ。俺は慟哭《どうこく》した。血の涙を流して慟哭した。いやだ。いやだ。いやだ。もうやめよう。こんなことをさせてはいけない。絶対にいけない。そう思った。そう誓った。そして再びさまよいはじめた。何も考えず、何も感じず、何も見ず、何もきかず、ただただささまよい続けた。死にたい、殺してくれという内なる声も次第に消えていった。すべての記憶とともに、ゆっくりと、しかし、確実に消えていった。ああ、楽だ。ああ、楽になった。苦しみが消える。悲しみが消える。俺のなかのあらゆるものが消えて、なくなって、ようやく死を迎えることができるのかもしれない。そう思った。そう悟った。その意識もまたゆっくりと消えていく。砂漠を行く商隊に拾われ、海を行く小さな漁船に拾われた。嵐に遭い、難破した。海に沈み、浮かび上がり、俺は方舟《はこぶね》に拾われた。

地面に叩きつけられる寸前、漆黒のアンデッドが再び反転、からだを入れ替えて自ら真紅のアンデッドの下敷きになった。

トウゴの手に、心に、ケンザキの澄んだ心が沁《し》みてくる。

「……思いだした……思いだした……！」

ケンザキの声がきこえ、ケンザキの顔が見えた。

「ケンザキ！」

「ケンザキ！」

トウゴが叫び、上になった真紅のアンデッドのなかのワイルドカリスが、ハジメが、歓喜の声をあげている。

次の瞬間、南極が消えた。

☆

気がつくと、あの地下神殿に倒れていた。

ハジメはケンザキと手を取りあい、支えあって立ちあがった。

「やっと会えたな、ケンザキ……！」

「ハジメ……ハジメ！」

三百年ぶりの、これがほんとうの邂逅《かいこう》だった。それ以上のどんな言葉が必要だろう。

リキヤとコジロウが駆け寄ってくる。

「ケンザキ！」

「記憶、戻ったんだね⁉」

笑顔でうなずいたケンザキが、すでに目を覚ましていたらしいサツキともう一人の男を怪訝《けげん》に見やった。

「よく似てるけど……ムツキとタチバナさん、じゃないよな？」

「ああ、違う」

ハジメが答えると、コジロウが説明した。

「サツキくんとタチハラさん。それぞれ、南極と囚人島にいたそうだよ。サツキくん、カリスとは……彼とは知り合いなんだよね」

サツキがうなずき、こちらを見た。

「統制者のしわざらしいってきいたけど……なんのためにこんなことを……？」

「そもそもなんなんだ、統制者って？　あの封印の石のことなのか？　だったら、俺がこの手でぶっつぶしてやる！」

タチハラが激しく怒りを吐きだした。囚人島でいったい何があったのか。いずれにしても、彼もまた悪辣な企みに巻きこまれた被害者に違いなかった。

「わかった。説明しよう」

「俺も話すよ。俺に話せるかぎりのことを……」

ケンザキもうなずいたそのとき、リキヤが叫んだ。

「トウゴは……トウゴはどうしたんだよ？」

「ホントだ。トウゴがいない！」

コジロウも驚いて見回している。

そこに、あの哄笑《こうしょう》が響きわたった。これまでになく邪悪で驕慢《きょうまん》な悪意に満ちていた。

同時に、神殿が崩れはじめた。四方から砂の城のようにみるみる形をなくしていく。崩れたむこうには、何もなかった。闇しかなかった。闇が四方から足元に押し寄せてくる。

リキヤとコジロウが悲鳴をあげ、その二人をかばう形で、ハジメたちは背中を合わせて神殿の中央、祭壇のような場所へとあとずさる。

その祭壇も消え、ついにハジメたちは闇の空間に浮かんだ。

もうひとつの哄笑が重なり、漆黒と真紅、二つの封印の石がハジメたちをはさんで対角線上に出現した。

交錯した声が宣言する。

「……どこでもない、ここは根源の地。地球でも宇宙でもない、虚無の空間。そして、我らが初めてあいまみえた場所……」

あるいは、統制者と破壊者が誕生した場所。すべては、ここからはじまったに違いないとハジメは理解した。

「そうか……ようやくわかってきたぞ」

コジロウも、思案の顔を上げた。

「地球でも宇宙でもない……ここではない、どこか……やっぱりあの場所は、俺たちの生まれた星、地球じゃなかったんだ。どうやってか知らないが、おまえらが俺たちをあそこへ連れていったんだ。ここへ連れてきたように。船の舵を操ったように。俺たちの、人類の運命を操ったんだ。ライダーたちがアンデッドを封印できないのも当然だ。本来のライダーシステムは地球のアンデッドに対するものだから。地球ではないあの場所にいるアンデッドに対応しているはずがないんだからな」

哄笑が高くなった。もはや、声は完全にひとつになっている。

そのなかに、ハジメは統制者と破壊者の思惑を見た。


三百年前、ジョーカーとなったカリスとブレイドに戦いを拒否され、しびれを切らした統制者は人類を別の星へと飛ばした。都合のいい記憶だけを残し、修正を施して。

三つの月を持つその星には、三つのカテゴリーの世界観のもと、三種のアンデッドが存在し、バトルファイトを展開していた。

次に、コジロウに天啓を与え、モノガタリを書かせた。来るべき戦いの予告として。地球のアンデッドをその星に実在するアンデッドに置き換えて。


「やっぱ、神が降りてきてたんだ！　って……全然喜べないけど！」

コジロウの言葉で、一同にも統制者の思惑が伝わっていることをハジメは知った。

すべては、二体のジョーカー、ブレイドとカリスを戦わせ、決着をつけさせるための陰謀だった。すべては、そのために仕組まれた。

ハジメが看取った老人の死も、ハジメを天蓋都市から外へ出すためであり、ケンザキが便乗した漁船の難破も、方舟に拾われたのも、アンデッドの島へといざない、マザーアンデッドと戦わせたのも、客室エリアの人々を殺させ、方舟を乗っ取ろうとしたのも、すべてそこにつながっていたのだ。

タチハラとサツキも、ケンザキとハジメを戦わせるための触媒として利用した。そのためにベルトとカードを与えた。褐色のクワガタと緑色の蜘蛛《くも》は、サツキとタチハラがケンザキとハジメのように最初から選ばれた存在ではなかったためサポートの必要があったからであり、さらに、サツキにはムツキのトラウマを夢で見せ、暴動をあおって提督《ていとく》との訣《けつ》別《べつ》をうながし、タチハラには、あのタチバナにとってのサヨコの死を追体験させるため、サエコを殺させた。

目には見えない力で、運命を操って。

「そうとわかっていながら……ほんとうの敵がわかっていながら、俺はいっときその敵に取りこまれた……サエコのほんとうの仇《かたき》に利用されたっていうのか？」

タチハラが叫び、サツキも叫んだ。

「提督が死んだのも、おばちゃんたちが死んだのもそうだったっていうのか？　許さない……許さない！」

それに哄笑が応える。嘲《あざけ》るように答える。

「その連中を生かすこともできた。だが、死なせたほうがおもしろいではないか。不幸があれば、より幸福をありがたがる。それが、おまえたち人間ではないか。自らの歴史を思い返してみよ。敵がいなくては、だれかと争わねば、種としての進化もできず、繁栄もできぬのがおまえたちだ。愚昧で卑小な存在。それが人間なのだ。敵がいなければ自らもない。ゆえに、妄想の敵ですら勝手につくりだす。我らが互いを敵として存在するのもまさにそれだ。我らはおまえたちが望むモノガタリをただ与えてやっているにすぎないのだよ」

タチハラは拳を握りしめるばかりだった。

コジロウもサツキもただ立ちつくしていた。

口を開いたのは、リキヤだった。

「もしかして……俺とトウゴのかあちゃんのことを入れ替えたのも……そうか！　そうだったんだな！」

ひときわ高まる哄笑が、それを肯定していた。

そしてそれらのすべてを、本来統制者の敵であるはずの破壊者が黙認した。しょせん、二つは同義、両極でありながら同極の存在だったのだ。

それを具現化するかのようにそのとき、二つの石板がひとつに溶けあって変態し、新たな巨大アンデッドになった。黒と赤のまだらな色彩も毒々しい、グロテスクな双頭のアンデッドだった。

からだの三倍はあろうかという両翼が羽ばたくと、腐肉のようなすさまじい臭気が放たれ、ハジメたちはなぎ倒された。

「ケンザキ……ケンザキ！」

声はたしかに双頭のアンデッドのなかからきこえた。

「トウゴ？」

「トウゴ！」

ケンザキたちが目を剝《む》く。あのなかにトウゴが取りこまれている。

虚無の闇が地獄の劫火《ごうか》に包まれるのを、ハジメは見た。

☆

「僕ごと倒して！　こいつを倒して！」

双頭のアンデッドのなかで、トウゴは叫んだ。そう言わなくては、ケンザキたちが躊躇するると思ったから。戦わないと思ったから。攻撃しないと思ったから。

いや、でも、だけど、それは違う。それじゃだめなんだとトウゴは気づいた。

ケンザキの記憶と呼応したトウゴのなかで、多くの死んだ人たちが泣く。悲しむ。怒る。あの少年兵が狂いながら泣く。それじゃこいつらの思うつぼなんだと訴える。だれかのために自分の生命を投げだすなんて、ただの自己陶酔だ。酔っぱらいの自爆だ。

トウゴは目をこらす。耳を澄ます。取りこまれた闇のなかで、必死に、一生懸命に。するときこえてくる。見えてくる。手を伸ばしてつかまえる。神と悪魔のしっぽを捕まえる。粘膜に覆《おお》われて逆立つ鱗《うろこ》のような感触に戦慄しながら、死んでも離すものかと思った。

「何をする、小僧！」

「離せ、子ネズミ！」

思わず笑った。えらそうに御託を並べていた奴らがあわてている。反撃などされるわけがないと思いこんでいたのでうろたえている。こんな奴ら、全然怖くない。

「小僧じゃない！　子ネズミじゃない！　僕は、ドブネズミだ！　今だ、ブレイド！　カリス！　ギャレン！　レンゲル！　仮面ライダー！」

☆

その声がきこえて、ハジメはケンザキを、タチハラを、サツキを見つめた。

ケンザキが、タチハラが、サツキが見つめ返し、うなずいた。

コジロウが毅然と顔を上げる。

「与えられた、書かされた、じゃなく、俺が俺の意志で書けば、俺のモノガタリになる。全員、自分の力を信じて、最強形態で戦うんだ！　仮面ライダーたちよ！」

ケンザキが身構え、呼びかける。

「ともに戦わん！　仮面ライダーの名のもとに！」

ハジメもタチハラとサツキとともに身構える。

「変身！」

まばゆく光るエネルギー波をくぐり抜け、全員そろって仮面ライダーとなる。

さらに、ブレイドはキングフォームに、カリスはワイルドカリスに、ギャレンとレンゲルもそれぞれ最強形態へと進化した。

「統制者よ！　破壊者よ！　神よ、悪魔よ！　おまえたちを封印する！」

動きを止めてもがいていた双頭のアンデッドが紅蓮の炎を吐きだすと、それが巨大な竜となって襲いかかってきた。

それをかわして、ブレイドが右に、ワイルドカリスは左に、ギャレンが上に、レンゲルが下に、素早く散る。

灼熱の闇を、駆ける、翔ける。

炎の竜が激しく身をくねらせて追ってくる。怒る。吠える。

ブレイドの意識がライダー全員の意識と重なる。

今やうなずく必要も目を交わす必要もなかった。

ブレイドが剣を振るって前へ、ワイルドカリスはスラッシャーを振るってうしろへ、ギャレンが銃撃を放って斜め上へ、レンゲルがダガーを振るって斜め下へ、連続攻撃を見舞いながら、双頭のアンデッドの周囲を高速で移動し、次の瞬間、再び散る。

獲物を失った炎の竜が双頭のアンデッドに巻きつき、からみついた。

一瞬のうちに炎に包まれた双頭のアンデッドから、苦悶《くもん》の声が上がる。

「今だ！」

ケンザキが叫び、ワイルドカリスたちも叫んだ。

「クアドラプル！　ロイヤルストレートフラッシュ！」

四つの光弾が撃ちだされて、双頭を射抜き、砕くと、のたうつようにうねったからだが裂けてマグマのような赤黒い体液が炎とともにあふれでた。

「……愚かな……なんということを……！」

「……自らの運命を……世界を……滅ぼそうというのか……！」

おごり高ぶる統制者と破壊者の断末魔《だんまつま》の声だった。

トウゴは叫んだ。叫び返した。

「神も悪魔もいらない！　僕たちの運命と僕たちの世界は、僕たち自身がつくり、戦い、守る！　守ってみせる！」

☆

ついに双頭のアンデッドが倒れ、崩れるように消滅するや、いつの間にか出現していた巨大な純白の石板に封印された。石板には銀色の鎖が幾重にもからみついている。

そして、石板は溶けるように消え去っていく。

双頭のアンデッドが倒れていた場所には、ポツンとトウゴが残されていた。

「トウゴ！」

「トウゴ！」

リキヤとコジロウが駆け寄るのと同時に、闇が消滅した。

☆

目を開けると、夜の浜辺だった。

静かな波の音がいっそう静寂を際立たせている。

星がきれいだ。水面に月が落ちている。

そう思った瞬間、トウゴはみんなといっしょに声をあげていた。

「見て！」

「月がひとつだ！」

「地球だ！」

「帰ってきたんだ！」

トウゴの耳に、きいたこともないはずの四拍子やエイトビートの旋律が鳴り響く。

世界中でわいているだろう歓声がきこえた気がして、トウゴたちも躍り上がった。

「レン！」

「行かないで、レン！」

ダイとメイが声をあげるまで気づかなかった。

月光の下、レンがふらふらと海に向かって歩いていくのが見える。

「だめだ……だめだよ、レン！」

トウゴは走りだし、声をかぎりに叫ぶ。

脳裏にかあさんと幼い自分のうしろ姿が浮かんでいる。

「死なないで、かあさん！」

海のなかでトウゴがしがみついたレンは笑っていた。

脳裏に浮かんだかあさんが、僕の手を離して微笑んだ。その口が「さようなら」と動いた。そうだった。かあさんは僕を殺そうとしたんじゃなかった。おまえは生きなさいと僕の手を離し、一人だけで海に消えたのだった。

レンの手が離れようとする。トウゴは目を閉じ、手を離す。

そのとき、ケンザキの声がきこえた。心のなかに飛びこんできた。

「離すな、トウゴ！　二度と離しちゃだめなんだ！　ともに生きろ！　どんなことがあっても、ともに生き続けろ！　かならず……かならず夜は明ける。苦しみもがきながら俺が三百年を生きて、おまえたちと出会えたように！」

トウゴは目を開け、レンの手を握り直す。強く握り直す。

波に洗われて座りこんだレンのもう一方の手が、だれかの手を握っていた。

波が去ると、そこにタクホが倒れていた。

「タクホ！」

「まさか……生きてたんだ！」

「奇跡だ！」

駆け寄ってきたリキヤとコジロウが歓声をあげる。

トウゴは悟った。

レンがさっき笑ったのは、死にたいと思ったのではなく、タクホが生きてそこにいることを本能で察知したからに違いないと。だから、迎えにきたのだと。

タクホが咳きこんで水を吐き、息を吹き返してレンを見た。

「……レン……！」

「……お兄ちゃん……おかえり……」

レンの目が、かつての光を取り戻していた。それこそが奇跡だった。

リキヤが、コジロウが笑っている。

変身を解いたケンザキが、ハジメが、タチハラが、サツキが笑っている。

たったひとつだけの月が、そんなトウゴたちを見守っている。

エピローグ

そして、僕は二十歳《はたち》になった。
ケンザキと別れて七年が経った。
人類が地球に戻ったあの日の夜、ケンザキとハジメは僕たちの前からひそかに姿を消した。なぜ、どうして。驚き、訝《いぶか》り、みんなは悲しんだけれど、僕には二人の気持ちがわかるような気がした。今、二人がどこでどうしているのか、それはわからない。でも、いっしょに戦ったあの戦いの記憶だけは、僕のなかから、みんなのなかから消えることはない。

「SOS、入電！　SOS、入電！」

リキヤの声で、トウゴは我に返った。

「了解！　全速前進！　救助に向かう！」

急がないと島が沈んでしまう。その前に残っている住民たちを救助しなくては。

地球には戻れたが、ここはやはり荒廃した瀕死《ひんし》の星だった。

トウゴたちは決意した。三百年前にライダーたちが戦って守ってくれた地球を、人間はこんなにひどいことにしてしまった。今度は自分たちがなんとかしなくてはいけないと。

トウゴたちは今、新たな方舟《はこぶね》を建造して、いまだ各地に散在する人々を探しだして乗せ、南極につくられた新《しん》・天蓋都市《てんがいとし》へと運ぶ仕事をしている。

トウゴはそのリーダーをまかせられていた。

リキヤはトウゴの右腕に、タクホは一歩引いてオブザーバーを務めている。

レンはダイとメイを育てながら、南極のリーダーであるアズミの右腕として辣腕を振るっている。かつてのおばちゃんたちと並ぶ肝っ玉かあちゃんぶりらしい。

サツキもオブザーバーとしてバックアップ役を務めている。

タチハラは正義の海賊として再デビュー、各地のワルい海賊たちと戦っている。時折、トウゴたちの方舟とすれ違い、笑顔で拳を掲げてみせた。

コジロウはモノガタリでも伝説でもなく、トウゴたちの戦いを記録し続ける決意をしたようで、近く何冊目かの新作が書き上がるらしい。

ここではないどこかではなく、この星で、この地球で生きていくために、自らの運命と戦う。戦い続ける。

トウゴは誓っていた。

☆

夜が微笑み、海が凪《な》いでいた。
あの浜辺に一人たたずむ男の背中を、ハジメは見つめていた。
一年に一度、互いの無事とこの星の無事を確認するため、ここで会っていた。
ただ会って、朝まで無言で過ごすだけだったが、それで充分だった。
そしてまた新たな一歩を踏みだす。絶望ではなく、希望へと続いていると信じて。
男が振り向く。人なつこい子どものような、変わらないケンザキの笑顔が弾ける。
もうすぐ夜が明ける。

THE　END

原作
石ノ森章太郎

著者
宮下隼一

協力
金子博亘

デザイン
出口竜也
（有限会社 竜プロ）

宮下隼一 | Junichi Miyashita

1956年長野県生まれ。テレビ映画助監督を経て、脚本家に。
代表作は『西部警察』『特捜最前線』『特捜エクシードラフト』『重甲ビーファイター』『忍風戦隊ハリケンジャー』『名探偵コナン』『幕末機関説いろはにほへと』、『探偵 神宮寺三郎 KIND OF BLUE』（ゲームシナリオ）ほか多数。

講談社キャラクター文庫 005

小説《しょうせつ》 仮面《かめん》ライダーブレイド

2013年3月8日 第1刷発行
2024年2月9日 第8刷発行

著者	宮下隼一《みやしたじゅんいち》 ©Junichi Miyashita
原作	石ノ森章太郎《いしのもりしょうたろう》 ©石森プロ・東映
発行者	森田浩章
発行所	株式会社 講談社
	112-8001 東京都文京区音羽2-12-21
電話	出版 (03)5395-3491 販売 (03)5395-3625
	業務 (03)5395-3603
デザイン	有限会社 竜プロ
協力	金子博亘
本文データ制作	講談社デジタル製作
印刷	大日本印刷株式会社
製本	大日本印刷株式会社

KODANSHA

ISBN 978-4-06-314855-8 N.D.C.913 282p 15cm
定価はカバーに表示してあります。Printed in Japan